最具中学生人气的微型小说名作选

袁炳发 著

寻找红苹果

東方出版社

图书在版编目(CIP)数据

寻找红苹果/袁炳发著. —北京:东方出版社,2008.8
(最具中学生人气的微型小说名作选)

ISBN 978-7-5060-3236-0

Ⅰ.寻… Ⅱ.袁… Ⅲ.①语文课-中学-课外读物②小小说-作品集-中国-当代
Ⅳ.G634.303 I247.8

中国版本图书馆 CIP 数据核字(2008)第 100328 号

寻找红苹果
XUNZHAO HONG PINGGUO
袁炳发 著

丛书策划 东 方
策划编辑 刘智宏
责任编辑 包晓云
特约编辑 村 流
责任校对 徐林香
封面设计 红十月设计室
出版发行 東方出版社
地　　址 北京朝阳门内大街 166 号
邮　　编 100706
邮购电话 (010)65181955/65250042
印　　刷 北京柯蓝博泰印务有限公司
经　　销 新华书店
版　　次 2008 年 8 月第 1 版 2008 年 8 月北京第 1 次印刷
开　　本 787 毫米×960 毫米 1/16
印　　张 12.75
字　　数 215 千字
书　　号 ISBN 978-7-5060-3236-0
定　　价 26.00 元

读名篇 学写作 懂人生

——写给中学生朋友的话

刘海涛

亲爱的中学生朋友：

你们好！生在'90后的你们，生活在信息化的校园和社会里，不缺乏生存的资源和学习的信息。一打开电脑，输入相关的关键词，成千上万的学习资料潮水般扑面而来；走进书店，琳琅满目的书刊亮丽地摆满了书架。这时候，一个比资料缺乏更加让人犯愁的问题涌现了：如何筛选适用的学习资源？该读些什么书？我知道，你们面临的问题是：学习任务越来越重，考试压力越来越大，社会竞争越来越激烈……因此，依我看来，读什么，一要看自己的兴趣，兴趣是最好的老师；二要看社会发展的方向，也就是要跟上时代前进的步伐。

我很关注中学阶段的阅读与写作教学的情况。近年来，我翻阅了不少中学的考卷，发现一种新的文学体裁——微型小说不断出现在"阅读理解"题中：安勇的《鸟笼》、曾平的《身后的眼睛》、陈永林的《古瓶》《娘》……我也浏览了大量的高考满分作文、优秀作文，发现中学生朋友们借鉴、运用微型小说的写作方法写出的记叙文能够在考场上胜人一筹：《聪明的抉择》《后起之秀》《母亲的后悔》……有高考阅卷老师说过这样的话："评作文卷时，当我阅读了大量的作文，产生'视觉疲劳'时，突然出现一篇优秀的微型小说，会给我眼前一亮的感觉。"注意，这个"眼前一亮"的感觉是会给作文加分的，甚至一点也不夸张地说，这个"眼前一亮"可能就此改变了一个人的前途和命运。

这样的事实透露了以下信息：微型小说这种文体，与中学生朋友的学习生活的关系越来越密切了。优秀的微型小说，大家喜欢读，也值得去读。那么，中学生应该读哪些微型小说呢？当我拿到这套《最具中学生人气的微型小说名作选》的时候，我找到了问题的答案：读名家的经典名篇！

《最具中学生人气的微型小说名作选》系列丛书是一套紧跟时代步伐的书籍，是信息时代里具有创新色彩的文学成果。它隐含着"读名篇、学写作、懂人生"的三重功能。

读名篇，领略名作风采。《最具中学生人气的微型小说名作选》堪称中国微型小说界近三十年来创作精华的一次集中展示。丛书精选了大量的著名作家、新锐作家的微型小说精品。这些作家在创作上是相当成熟的，其作品可谓篇篇玉珠。丛书以一种独特的表达方式，通过那些隽永的文字，轻轻拨动着中学生朋友的心弦，使大家从中获得感悟、慰籍、净化、认同的阅读乐趣。

学写作，阅读、作文不再犯愁。快乐地阅读，轻松地写作，在考场上如虎添翼，在同龄人中脱颖而出，这是中学生朋友的追求，也是老师和家长最大的心愿。有中学生朋友向我倾诉说："我感觉到语文考场上有两个'拦路虎'，一个是阅读理解题，一个是作文。"依我看来，要解决这"两大难"，《最具中学生人气的微型小说名作选》或许能够帮得上忙。大量地阅读优秀的微型小说作品，在考场上面对"阅读理解"题中出现的微型小说作品时，就会感到像会见"老朋友"一样有一种亲切感，自然就能轻松地找出正确的答案，在"阅读理解"这一环节就"轻松闯关"了。在写作方面，《最具中学生人气的微型小说名作选》就更能帮上忙了。这些优秀的微型小说作品，能够让读者在接受心灵熏陶、获得愉快的阅读体验时，掌握写作技巧，帮助读者更快速、更轻松地发展自己的写作能力，进而能够独立构思、完成一篇篇精美、耐读的作文。我了解到，中学生朋友写得最多的就是记叙文和议论文两种文体。微型小说在文体上很接近记叙文，但在总体构思上比一般记叙文更为新颖，在情节安排上往往能给人以出人意料的视觉冲击，在思想内涵上更具厚重感。它能充分展示你们在文学基本功、阅读积累、人生阅历等方面的功夫。我相信，这套丛书不仅能帮助中学生朋友在考场上应付自如，更重要的是能培养和发展你们的写作能力，使"今天的读者，成为明天的写手"，实现你们的文学之梦！

懂人生，人生路上不再迷茫。21世纪，中学生朋友们面临着巨大的学习压力，为了追上时代的潮流、抢在时间的前面，只有不断地奔跑，不断地追寻。但许多人在这个不停奔跑的过程中迷失了自己。《最具中学生人气的微型小说名作选》，是一套有艺术的思想与有思想的艺术相统一的创作成果，其中一个个鲜活的人物和故事，呈献给中学生朋友一个真实而完整的生活世界，让大家从中领悟人生的真谛，认识生活的复杂多样，懂得那些应该懂得的道理，学会生活，珍惜生活，感恩生活，找到生活的方向，成就美好的人生。

因此，我认为，《最具中学生人气的微型小说名作选》是中学生朋友喜欢读、值得读的一套丛书，她是中学生朋友在培育自己的人文素养和审美人格的路途中的一份优质的精神食粮。我衷心地祝愿大家在阅读过程中，为自己成长的行囊增添更多宝贵的财富！

（刘海涛，世界华文微型小说研究会副会长，中国写作学会副会长，广东湛江师范学院副校长、教授，广东精品课程《文学写作与鉴赏》负责人）

目　录

心灵碰碰碰

新生代阅读

人生麻辣坊

星期五博客

青苹果味道

心灵碰碰碰

一把炒米

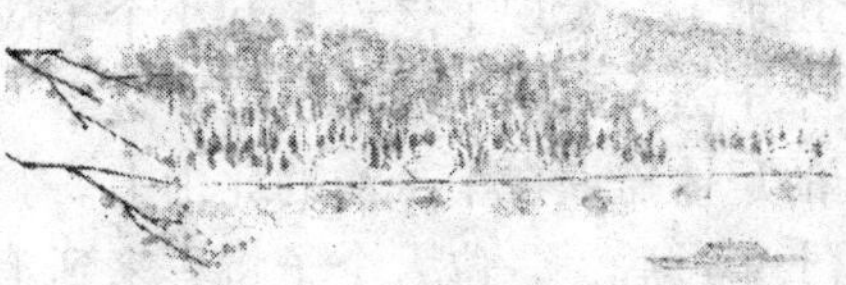

炊事班老班长和一个大个子战士，还有一个小个子战士，在一次作战中没有突围出去，与队伍失去联系，被敌人围困在一个叫苇子沟的山上。

已是第七天了。

这七天，三个人是靠吃野菜啃树皮活过来的。

此时，三个人都很无力地靠在一棵粗壮的老榆树上，三个人的目光都很贪婪地望着米袋里的那一把炒米。

望着那一把炒米，老班长的喉结蠕动了几下，小个子战士艰难地咽了下唾沫，大个子战士的那张嘴很大地张着……

谁也没有敢动那一把炒米。老班长有话：不到关键时刻谁也不许动。这句话是昨天夜里老班长端着枪说的。

昨天夜里，老班长刚刚睡去，就被一阵撕扯声惊醒。老班长睁眼一看，见是大个子战士与小个子战士争夺米袋里的那一把炒米。

老班长气怒地抓过枪，拉上枪栓骂道：“都给我住手！这点米不到关键时刻谁也不能动，谁动我就崩了谁！”

第八天的夜里，夜色漆染一般地黑，老班长拿过那个米袋，走到大个子战士面前，说：“你赶快把这把米嚼下去，趁今晚儿没有月亮，天黑突出去。我们在北面打枪把敌人吸引过来，你就在南面突。突出去找到队伍来救我们。”

大个子战士激动地接过米袋，稍迟疑一下就把米抓到嘴边。这时，小个子战士却一把夺过米袋，对老班长说：“还是叫我吃吧！我个子小，突围灵巧。”

老班长被小个子战士的突然举动激怒了，他夺过米袋，一拳就打在小个子的鼻子上，骂道：“灵巧个屁，个子顶不住枪杆高！”

小个子战士再不敢言语，流着泪抹着鼻内流出的殷红的血。

大个子战士狼吞虎咽地把那把米嚼了进去。

突围开始，老班长和小个子战士在北面山坡上的一阵枪声把敌人吸引了过来。

突围出去的大个子战士，回望着苇子沟的北山村时，那里的枪声正一阵紧似一阵地激烈……

几天以后，大个子战士带着队伍来营救老班长和小个子战士时，却在苇子沟的北山坡上，发现了老班长和小个子战士布满了弹孔的尸体。

大个子战士痛悔地仰天长哭。之后，就和其他战士一起，把老班长和小个子战士的尸体掩埋在苇子沟的北山上。

几十年过后，一位大个子将军来到苇子沟，在苇子沟的北山上，立下一块墓碑，上写：革命烈士刘冬生父子之墓。

我读我悟

弯弯的月亮

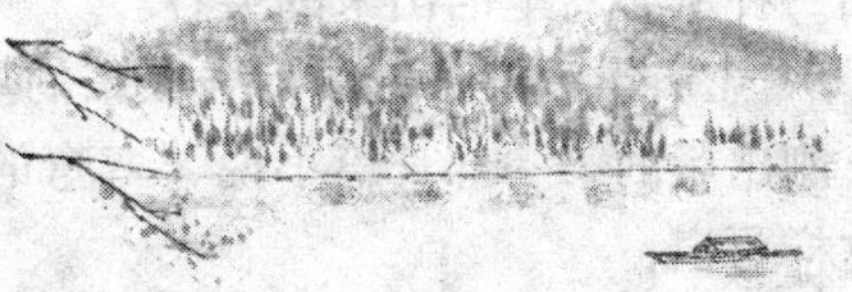

星子的老师是刚从师范学校毕业的，年轻漂亮，很招星子和同学们的喜欢。一天，老师在课堂上向同学们提问，老师问：“同学们，弯弯的月亮像什么？”学生们几乎是异口同声地回答道：“像——小——船儿——”年轻的教师听了同学们的回答后，高兴地说：“好，同学们的回答很正确。”

这时，坐在前排的星子举起了手，可是老师没有发现，星子就仍举着手，还喊了一句：“老师”。老师听见后，说：“星子同学，有什么问题请讲。”星子站起来，眨动着那双晶晶亮的大眼睛，说：“老师，我看弯弯的月亮像豆角。”老师听完星子的话，一脸的不高兴，她对星子说：“你的回答是错误的。全班同学都说弯弯的月亮像小船儿，你为什么偏偏要说像豆角呢？难道就你特别有见解吗？”

班上的同学一阵哄笑，星子的眼窝里满是泪水。回到家后，星子把这件事告诉了曾做过小学教师的奶奶。奶奶说：“星子，老师的批评是正确的，弯弯的月亮是像小船，我从前教过的一批又一批学生，他们也都是这样回答的。”星子听完奶奶的话，眼窝里又一次含满了泪水。这件事情以后，星子开始变得少言寡语，她很不喜欢这位年轻、漂亮的老师，在课堂上从不敢再向老师提出“特别”的问题……

很快，几年过去，星子考入一所师范学校；又很快地，星子从这所学校毕业。她回到故乡的小镇做了教师。走上讲台的第一课，星子老师穿着朴素、整洁的衣服，笑眯眯地说：“同学们，在讲课之前，我首先提一个问题——你们说，弯弯的月亮像什么？”静默一会儿后，学生们几乎是异口同声地回答：“像——小——船儿——”星子老师没有说同学们的回答是否正确，她那双美丽的大眼睛，像探视器似的在同学们的脸上扫来扫去。接着，她又问：“同学们，有没有和这个答案不一样的？”

一个叫田菲的学生举起手，说：“老师，我的答案和他们不一样，我说弯弯的月亮像豆角。”星子老师听后很高兴，说：“田菲同学的回答正确。当然，其他同学的回答也正确。我只是启发同学们在回答每一个问题时，应该大胆发挥你们的想象力。多想出几个答案：比如弯弯的月亮除了像小船儿、像豆角之外，还像不像镰刀、弓？”学生们报以一阵热烈的掌声。星子老师的脸颊上，浮现出一种从心窝里涌出来的笑容。

…… 几十年后，已退休闲居在家的星子，接到女作家田菲寄来的她自己创作、刚出版的第一部长篇小说《弯弯的月亮》。星子急忙翻开书，见书的扉页上这样写道：

赠给最优秀的老师星子：感谢您没有扼杀我少年时期富于想象力的天性……

您的学生：田菲

星子看后，脸上又浮现出当年那种很愉快的笑容……

我读我悟

岗 位

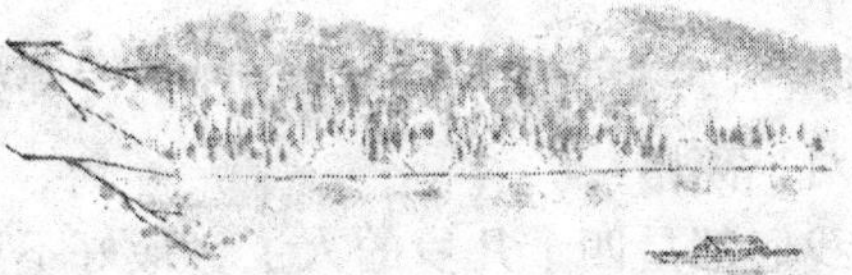

他下海近一年了。

他办的公司挺赚钱，生意越来越红火，公司里的人每天都忙得不可开交。

于是，他回家就动员妻子辞职到他的公司里来帮忙。

这事，他和妻子谈了好多次，都未谈成。

他妻子不愿离开自己工作了二十多年的教师岗位。

这天，他又和妻子谈。

他说："淑云，你把工作辞掉，到公司里来工作，趁着咱俩都不算太老，赚点钱，到老那一天就无后顾之忧了。"

她听后，摇摇头，说："不行，我想了好多天，怎么也舍不得离开自己的工作，也许我太热爱教师这个职业了。"

他说："你这人怎么这样固执？教师的职业有什么可热爱的。一年就一个教师节，顶多给一个磁化杯什么的，有什么意思！再说了，一个月的工资，还不如我每天宴请客人，赏给酒店小姐的小费多呢！"

她笑了笑后，对丈夫说："一个人热爱自己的职业，是和金钱毫无关系的。比如我们的校长，他的教龄比我还长，可他的月工资收入还比不上银行刚上班几年的职员！但他仍然做自己的校长工作。你知道这是为什么吗？原因很简单，我们的校长和我一样，热爱自己的职业。"

他也笑了笑后，对妻子说："什么热爱自己的职业，纯属神经病！金钱对人的诱惑力最大。我就不相信，一个连金钱都不热爱的人，还能热爱什么?!"

她说："你认为我是神经病，这很正常。因为一个视金钱万能的人，除了金钱之外，对什么都是麻木的。"

她又补充一句话："我的选择你无法理解！"

他说："我们都不要毫无意义地争论了，你就说辞不辞职？"

她说："不辞，绝对不会辞职。"

他站起来，显得有些气愤，指着她不无嘲讽地说："哼，你真是人民的好战士，生命不息，战斗不止呀！"

她说："好战士算不上，起码可以算一个合格的战士。"

他踱着步，想了好久，终于说："你这么固执，我也没办法，咱们离婚吧！"

她听后，瘦弱的肩头一颤，问："离婚？"

"对！离婚！"

"我们都是四十几岁的人了，最好不离婚。"

"那你就辞职。"

她眼里涌着泪，咬一下嘴唇，说："好，我们离婚吧！"

她又说："我搬到学校去住，你办手续吧。办好后，找我签个字。最后求你一件事，咱们离婚的事，暂时你别告诉女儿，她在外读书，会影响她学习的。"

说完，她双眼含着泪，走进卧室收拾东西去了。

他坐在沙发里，一根接一根地抽烟。

不一会儿，她红肿着眼睛，走出卧室。她肩上挎着一个兜儿，手里拎着一个红绸布的小包。

他见后，挺惊讶地问："我怎么从来都没有见到过咱家有这样的红绸布包呢？"

说着，他走过去很细地瞧这包，还用手摸这包。他摸到包里有一堆很细碎的硬体物。

他就接过这包，准备打开这包。

他还解释说："我这不是小心眼的检查，是好奇，请你理解。"

她说："绝对不是金子。"

包打开了，他目瞪口呆。

包内竟是数千个很细小的粉笔头。

见他困惑不解，她就解释说："这是我从教生涯中，每教一节课的记载。这里面有多少个粉笔头，就是我给学生们上了多少节课。"

她接着又说："我要看一看，自己这一生到底能给学生们上完多少节课。"

见她说的这样痴迷，他就非常感动地把包给重新系好，然后又把包给拎回卧室。

走出卧室，他就握住妻子的手，说："我终于理解了你的选择。"

听后，她扑进丈夫的怀里，很委屈地哭起来。

后来，她就一直在教师的岗位上默默地耕耘着。

几年以后，省报上一篇《春蚕到死丝方尽》的文章，介绍了一名叫陈淑云教师的优秀事迹。

文章说："陈淑云老师一心扑在教育事业上，多年劳累成疾，直到生命的最后一刻，还坚守在自己的岗位上，给学生们上完了最后一课……"

我读我悟

身后的人

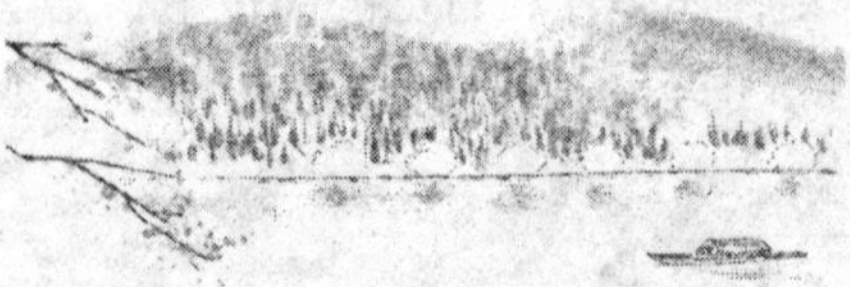

最近，将军总感到他的身后有个人站着，待他回头看时，这个人又无影无踪了。有这种感觉，是在将军离休以后。离休后的将军，在家侍花养鸟，闲下来时，就爱在逝去的往事中徜徉。将军喜欢仰靠在软椅上，闭目回想那些往事。将军想得最多的是他年轻时的事。那时的人，活得特坦诚，坦诚得就如一道简单的加减法——打仗 + 胜利 = 解放全中国。一想到打仗，将军的脑子里就闪现出千军万马，就听到了枪声和战场上的拼杀声。将军兴奋起来，忽地从软椅上站起，口中喊：“班长！”喊声未落，蓦地将军就又感到身后有个人站着；将军就急转身看，那个人又无影无踪了。将军说：“真怪！?”将军就又坐在软椅上。将军想起一件事。那时，将军还不是将军，将军只是一名普通的战士。

一次，在执行任务中，遭到敌人的追捕。是苇子沟的张妈和她的儿子，把他掩藏在茅屋中的假间壁墙里，才免遭一难。他虽然免遭一难，但张妈的儿子却被敌人带走了。当时由于任务紧急，他未及等到张妈的儿子是死是活的消息，就匆忙赶回部队。全国解放后，将军给苇子沟的当地政府去信查询过张妈家的消息。政府给将军的回函是：查无此人。因此，将军现在也无法知道张妈和她的儿子是否还活在这个世界上。

想到这儿，将军哭了。哭时，将军就又感到那个人站在了他的身后。这次，将军没有转身去看。将军坐在那儿，手抵额头一阵沉思。

翌日，将军从银行取出自己几万元的存款，寄给了苇子沟政府的民政部门。将军在汇款单附言栏内写道：“我忘不了在战争年代，那些在我们身后的人，为解放全中国而做出的牺牲。”

药　壶

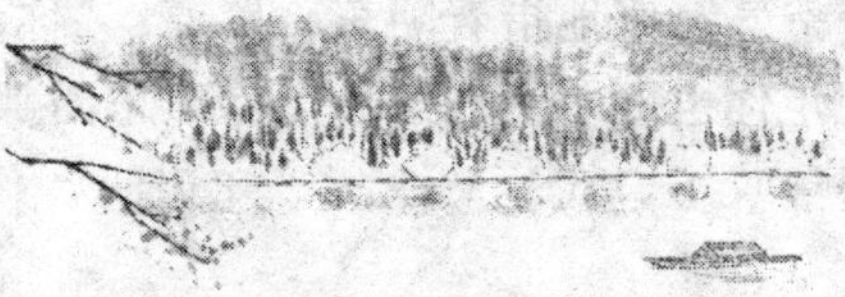

阿东居住的地方是个贫困的小村，偏僻，四面环山。

阿东考上大学那年，全村人的心沸腾了些日子。

村委会除了杀了一头猪之外，还奖励阿东二百元钱。

村主任说：“咱这村儿啊，自打我记事儿起，就没出过一个大学生，这回阿东可给咱们村提了精神气儿了，带了个好头啊！”

让阿东感动的是，阿东上大学走的那天，村里的七爷把自己平时积攒下来的五百元钱，掏出来塞到阿东的手里。

阿东执意不要。

七爷就生气了。七爷对阿东说：“阿东，这钱你要是不要，就是瞧不起你七爷！”

看着七爷真生气了，阿东就收了这钱。

走时，阿东跪下，含泪给七爷磕了两个头……

时光暗里流逝，匆匆间阿东大学毕业了。

阿东不负村里人的厚望，毕业后没有留在城里工作。他又回到了这个小村，他要在村里办一所小学，不要让村里的孩子再走他“趟过一条河翻过一座山”去镇上读书的老路了。

阿东回到村里后，就把办学的想法和村主任说了。

村主任赞成阿东的做法，并答应把村委会的一间库房腾出来做教室。

就在这时，阿东爷爷的哮喘病犯了，阿东就把筹办学校的事暂时搁置下来。

阿东去镇上给爷爷买了几副中药。回到村里后，阿东从七爷那儿借来药壶，给爷爷熬药。

喝了几副药，爷爷的病就好了，阿东把药壶还给了七爷。

阿东还给七爷药壶前脚刚走，后脚七爷就气哼哼地把药壶狠狠地甩到挨着后窗的那条河里了。

几日后，爷爷不见了那药壶，便问阿东哪儿去了。

阿东告诉爷爷药壶还回了七爷。

爷爷听后，一下瘫坐在地上。

爷爷气怒怒地指着阿东，骂道："你读书怎么倒读糊涂了？咱们村里多少年的规矩你也不是不知道，借什么东西都能还，就是借药壶不能还！"

爷爷叹了口气，又说："知道吗？你还的不是药壶，你还给七爷的是晦气呀！"

阿东不能与爷爷争执理论，便走出了屋去……

事有凑巧，就在阿东还给七爷药壶的当天夜里，七爷突发脑溢血死亡。

安葬完七爷后，村里人开始在背后数落起阿东来。

有人说：阿东怎么能还七爷药壶呢？这么不懂规矩，还是读书人呢！

还有人说：这个阿东怎么能这么做呢？七爷待他也不薄啊，当年他上大学的时候，七爷还给过他五百块钱呢！真是不仁不义！

此时的阿东，无心与他人争论，内心里他只是很怀念七爷。

阿东准备找木匠做教室的桌椅板凳时，被村主任阻拦了。

村主任对阿东说："这个学校你不用办了，村里人都说了，谁家的孩子也不愿以你为师，一个不仁不义的人怎么能教出好学生来？"

阿东听后，一脸的茫然，不知道说什么是好。

几天后，阿东来到七爷的坟前，把一个新药壶置放在七爷的坟上，然后跪下来，含泪给七爷磕了两个头后就走了。

我读我悟

谎 言

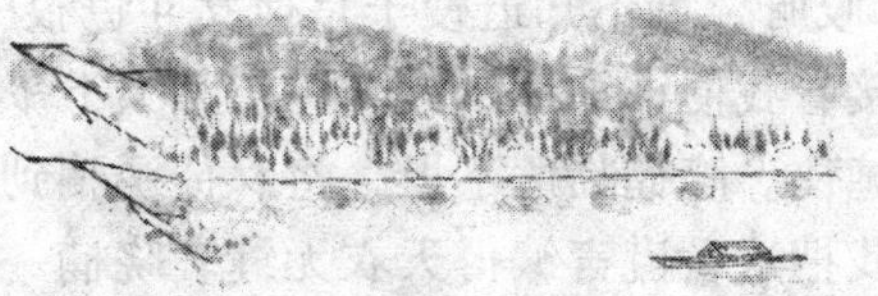

大众和晓楠要离婚的事，是我在公共汽车上听一个朋友讲的。

矛盾的起因很简单：大众前几天从某市出差归来，单位的一位同事用编创的谎言同他开玩笑。这位同事说，某天下午的黄昏，他看见大众的妻在一个男人的陪同下，走进了“虚虚”电影院，看了一场片名叫《空白》的电影。

同事讲述时的挤眉弄眼，以及那根本不存在的“虚虚”和“空白”，任何一个傻瓜听了都会认为这是谎言。可大众听后，脸上的表情即刻显得严峻起来。

到家后，他就问妻，在某天下午的黄昏，同哪一个男人去了电影院。

妻子晓楠起初认为丈夫是开玩笑，可后来发现丈夫的态度很认真。于是，也就很认真很认真地回答道：“某天下午的黄昏，我正独自在家拖地板，其间去了一次厕所。后来就睡觉，入睡以后便无什么大情节喽！”

“谁能证实你的话不是谎言呢？”大众问。

“凭着我对你诚挚的爱。”晓楠回答。

“哼！甜言蜜语！”大众一甩袖子。

这样，大众就闹起了离婚，事态趋向越来越严重。

我和大众是情同手足的同窗好友，朋友有事我岂能袖手旁观。

晚上，我去了大众家。

大众仍一脸冷峻，晓楠两眼红红。我为缓解气氛，就故意说：“嫂子，我还没吃晚饭。”

晓楠下厨不久，就端上两个菜。大众自顾喝酒，不理我。我心中合计着该怎样才能使他们夫妻的感情美满如初呢？

“有了。”我也想好了一些谎言。同时，我向晓楠递去几个眼神，示意她一切听我的。

喝了几杯酒后，我装做不知道他们闹离婚的事，说：“大众，你今天的情绪怎么这么低？我这本来是想喝个喜酒，可……”

“什么喜酒？”大众的脸由冷峻变得困惑。

“怎么？你还不知道？嫂子没说？”

大众显得不耐烦，就问：“到底什么事？”

“哎呀，谁不知道嫂子是孤女斗色狼的英雄呢！”

接着我便详细地给大众讲了某天下午的黄昏，晓楠在下班的路上，被一色徒纠缠住。晓楠临危不惧，将歹徒诱骗到派出所，交给了执勤的民警。

我把这番谎言编得天衣无缝。晓楠一脸惶惑，几次想拦我的话，都被我止住了。

大众却一下站起，两眼闪着兴奋的光，拉着晓楠的手说：“原来是这回事，你咋不早说？”

然后，又用手捶自己的头：“我这脑袋多混，咋就那么容易轻信别人的谎言呢！”说完拿过一个酒杯斟满，双手递到晓楠面前说：“原谅我吧！这杯酒算我赔罪了。”

晓楠没有接酒，脸上的表情却挺痛苦。

我不管晓楠的表情如何，倒是很高兴地告辞了，因为我完成了此来的预期目的。

然而，出乎意外的是，这以后不久的一天上午，我接到晓楠打来的电话。电话中晓楠告诉我，她和大众离婚了。这次离婚是她主动提出来的，理由正是因为大众听信了我的谎言，她才更知道大众是一个什么样的人了。

放下电话，我的心怦怦乱跳。

天呢！我的谎言不成了一桩罪过了吗？

我读我悟

死 时

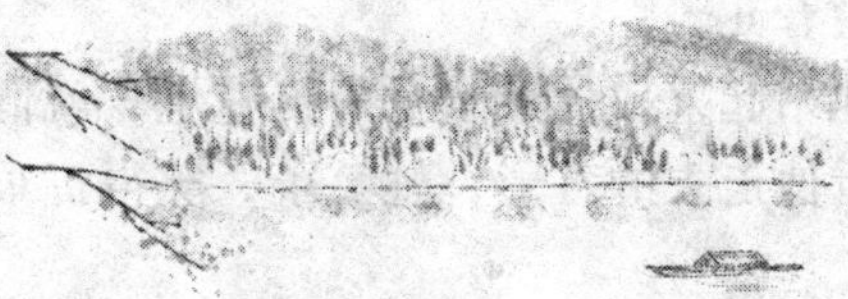

他正在工作，收发室突然转给他一封加急电报。电文这样写道：

速带儿来A城第二医院我患癌症晚期

他抓电报纸的手在颤抖，脸上有阴云漫过后，嘴角就开始一下一下抽动。

这封加急电报是他离婚的前妻拍来的。

当日，他就瞒了蛮横的第二个妻，带着他和前妻的儿子踏上去A城的列车。

列车上，他思绪翻转。

本来他觉得和前妻的婚后生活挺不错，妻待他也很温柔，百依百顺，是一个很会疼爱丈夫的好女人。谁知，平静的生活中又出现了另外一个女人……

后来，他就闹离婚。妻不依，跪地求他，他就打。再不依，他就再打。终于，妻熬不住皮肉之苦，答应离。

现在想这些，他觉得很对不住前妻。如果不离婚，她一定不会得癌。她现在一定很孤独，一定很想念他。他想：到了医院，他一定要跪在她的病榻前，向她做一次虔诚的忏悔，和她说，现在他爱的还是她……

夜里10时，他到了A城的第二医院。经过交涉获得特殊允许，他带着儿子兵兵到了前妻病床前。

她平平地躺着，脸苍白瘦削，一双原本很好看的大眼睛深深地凹下去。

她听见动静，就把头很艰难地侧歪过来。

兵兵扑过去喊妈妈。她伸出枯瘦如柴的手，把兵兵揽在胸前，眼里涌着淌不出的泪。

这时，他就真的跪在床前，向她诉说着不尽的懊悔。

她听后，脸上的表情不曾有什么激动，倒很平静地对他说：“你别说对不住我，是我对不住你。其实，我一直不爱你，在你没有和我提出离婚以前，我就爱上了我现在的这个丈夫。”

他惊讶，继之又困惑，问：“那当时你又为什么不肯离婚?”

她答：“因为我知道你肯定是要和我离婚的，所以我才忍皮肉之苦，装做不肯离婚，无非是不想叫别人说我是水性杨花的女人。”

说完，她就不再言语，也不再看他，只是用极瘦极瘦的手，很认真很认真地抚摸着儿子。

他站起来，他突然觉得挺尴尬，就低着头默默地走出病室。

看他走去的背影，她笑了，笑得挺艰难……

我读我悟

方 式

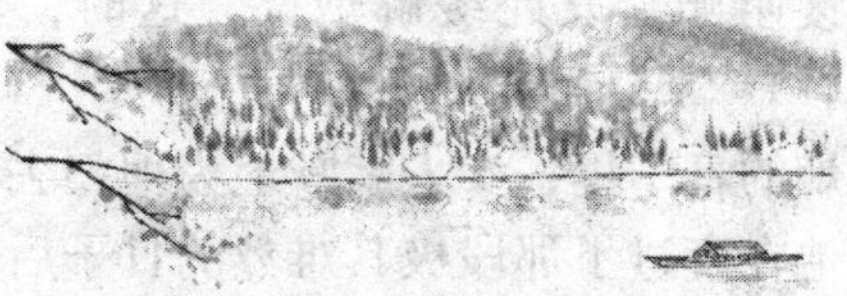

他 16 岁时学会吸烟，那时，他常常背着家里人偷偷地吸。

结婚后，由于遇上了厉害的老婆，为了息事宁人，讨个安生，凡事他都很迁就，但唯有吸烟的嗜好，始终无法改掉。

为此，老婆经常同他吵个没完没了。

最初，他只抽最便宜的烟，即使这样，仍然会不间断地遭到老婆的反对。在家里，他只要一点着烟，老婆的唠叨、抱怨便随之而起。老婆说：你一天抽一包烟，一个月抽多少？一年抽多少？一辈子又抽多少？你算没算过这个账，那样的支出肯定是一座别墅的价钱。他呢，不管老婆怎样唠叨，抽仍归抽。后来，随着生活条件的改善，他吸烟的档次也有所提升，于是，老婆的唠叨、抱怨也随之水涨船高。老婆有一次摔了一只碗，骂他：抽吧，这个家都叫你抽穷了，你这不是祸害钱吗？但是，老婆说归说，闹归闹，却从未动摇过他对香烟的一片痴情。他想女人真傻，怎么就不明白男人有时也会像个孩子似的，需要人去宠啊！

他自有他的倔强，老婆无法撼动他的心。

再后来，他遇见了自己喜欢的一个女人。

女人同样不喜欢他吸烟。但女人只是蜻蜓点水样地说说，便不再多言。

他喜欢不啰嗦的女人。

顶着种种压力和谴责，他和前妻离婚，和这个女人走到了一起。

结婚当年，在他生日的那一天，女人送给他一支考究的雕花烟斗。

他双眼眯在一起，细细地看这支雕花烟斗。当他欣赏完烟斗准备放回盒子时，在盒子的底层，他发现了女人写给他的一句话：亲爱的，答应我，把烟戒掉吧！为了我，为了我们能一路相陪着变老。

就为着这一句话，他开始戒烟。

刚戒烟时，他情绪烦躁、坐卧不宁，动不动就冲她发火，可她一直好脾气地忍着他，买来各种零食分散他对香烟的注意力。有时，犯了烟瘾，他会急得抓耳挠腮，满屋乱转。女人看得实在不忍心了，就跑出去买来烟，给他，告诉他别再折磨自己了。他急不可待地拆开烟盒，抽出一支烟，先是用鼻子闻，然后，把这支烟一点一点撕破，并用手指细细地捻着烟丝，再放到嘴里一点儿烟丝，慢慢咀嚼，以此缓解烟瘾。这时，他总是在心里默念女人写给他的那句话。

戒烟的日子里，女人默默地为他扫去了一堆又一堆被他捻碎的烟丝。

而他在度过了那段极其难熬的日子后，终于戒烟成功。

转眼，几十年过去，他已是个垂暮之年的老人。

在他的生命已近弥留之际的一个日子，他静静地躺在床上，女人则守护在他的床头，并用目光紧紧追随着他。

女人无比心痛地同他一起感受着生命渐渐远离的瞬间。

他说：我很欣慰，我们相亲相爱走过了这么多年的岁月。

女人听后，笑了。那笑容十分的好看。

忽然，女人像是想起了一件十分重要的事，于是，她蹒跚着走向衣橱，从里面摸出了一盒烟，烟的牌子是男人从前最喜欢的那一种。她又找来打火机，转身回到男人的床头，打开那包烟，从里面抽出一支，点燃。她用手臂轻轻将男人的头转向自己，然后，把点燃的烟送到男人的嘴边。

这时，男人仿佛一下子清醒了许多，他神色诧异地看了看女人，又看了看她递上来的烟，一时间他明白了女人的心思，他眼神一亮，随即，他又费力地冲女人摇了摇头，而后，他用细若游丝的声音说："你忘了，我不是答应过你再也不抽了吗？既然答应了你，我一定会说到做到。"说完这句话，男人异常吃力地对女人挤出了一丝笑容。

这一刻，女人更深地懂得了男人。

黎明时分，男人面色安详地倒在女人怀中，悄然逝去。

我读我悟

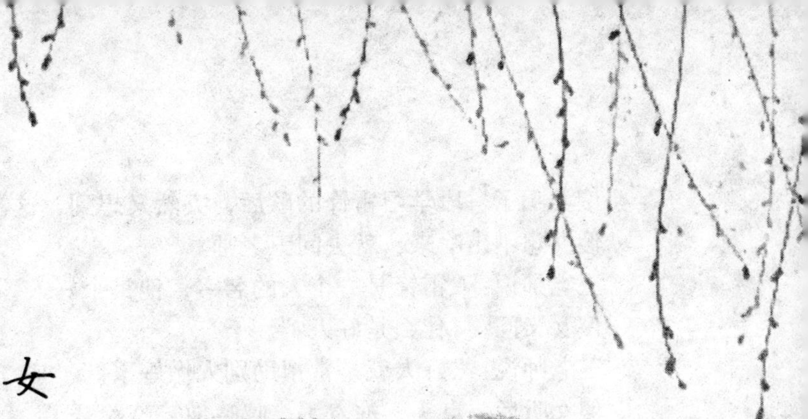

傻女

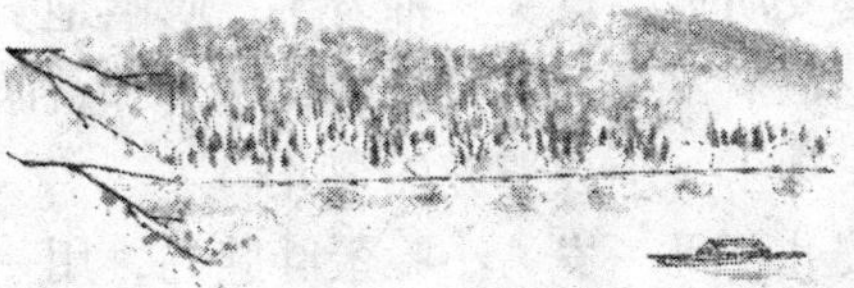

傻女今年二十岁。

傻女的傻是从娘胎里带来的。傻女的娘生她不到百天，就一病归西。随后，傻女的爹在一次出差中，又突遭车祸，去见了傻女的娘。

傻女是哥嫂把她带大的。傻女傻，却能料理自己的生活，也能帮哥嫂干点零碎的家务活。

傻女随哥在县城的第三小学附近住。

傻女就经常跑到第三小学门口玩。

时间长了，傻女就在第三小学的校门口，认识了几位戴眼镜和不戴眼镜的男女教师。

这样，傻女就在教师们每天上下班的时候，在校门口，和几位熟悉的教师搭话。

傻女有时是袖着手，有时是双手插在绿绒裤的裤袋里，和几位教师搭话。

见李老师走过来，傻女就问："李老师上班呀？"

李老师回头见是傻女，就笑笑，点点头过去了。

又见王老师走过来，傻女就又问："王老师上班呀？"

王老师点头，拍着傻女的肩，说："傻女真好，懂礼貌。"

傻女就袖着手，低着头嘻嘻地笑。有些不好意思起来。

一天，一年级的小学生们，在课堂上和音乐老师学唱"学习雷锋好榜样"。

傻女在校门口听到了，就也跟着学。

傻女就经常唱"学习雷锋好榜样，忠于人民忠于党……"

王老师听到后，就拍着傻女的肩，说："傻女越来越好，知道学习雷锋了。"

傻女的神情就变得更不好意思起来。

傻女唱了一段学习雷锋的歌后，突然又想到，这雷锋是啥东西呢？

傻女想不出啥来，就去问王老师。

王老师说："雷锋是一个人的名字，他是个好人。"

傻女又问："什么是好人？"

王老师说："好人就是常帮助别人做好事。"

傻女听后，点头，袖着手，嘻嘻地笑着跑开了。

这以后不久的一天清晨，傻女和戴眼镜还有不戴眼镜的男女老师们，在校门口发现了一个被遗弃的婴儿。

婴儿不足一岁，小脸蛋胖胖的，用一条被单包着，放在校门口的旁侧。

男女老师们看一眼走了过去，学生们也都走过去，唯独傻女站在那儿，愣愣地看躺在地上的婴儿。

这时，婴儿呱呱地哭起来。

傻女急忙蹲下，把婴儿抱在怀里。

婴儿仍然哭，傻女就抱着婴儿，来到学校教师的办公室。

傻女见到王老师，说："王老师，这小孩咋办啊？"

王老师说："能咋办，这孩子来路不明，傻女，你还是把孩子放回原地吧！"

其他的老师也这样说。

说完就都走出了办公室。

傻女看看，就抱着那婴儿，在"学习雷锋好榜样"的歌声中，走出了校园。

傻女把婴儿抱出学校门口，傻女抱着那婴儿在街上转了一天，也没人来认领。傍晚时，傻女把那婴儿抱回了家。

哥哥问："这孩子从哪儿拣的？"

傻女说："校大门那儿。"

嫂子怒着脸，说："这孩子从哪儿拣来的还给送哪儿去！"

哥哥又补充一句："这孩子送不出去，你也别想回来！"

傻女就抱着那婴儿，来到学校的门口。当傻女刚把那婴儿往地上一放时，那婴儿就"呱呱"地哭起来。

傻女就又急忙蹲下，把婴儿抱在怀里。婴儿不哭了，傻女却哭了。

傻女自言自语地说："这小孩咋办呀！？"

夜色浓了，傻女抱着那婴儿向很浓的夜色中走去。

翌日，傻女的哥嫂和县城第三小学的教师，都没见到傻女和那婴儿。

傻女和婴儿失踪了。

没人知道失踪的傻女和那婴儿去向何方。

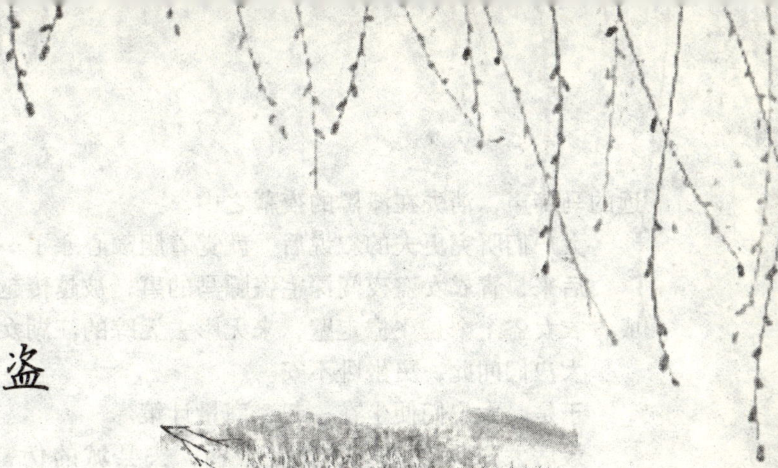

女　盗

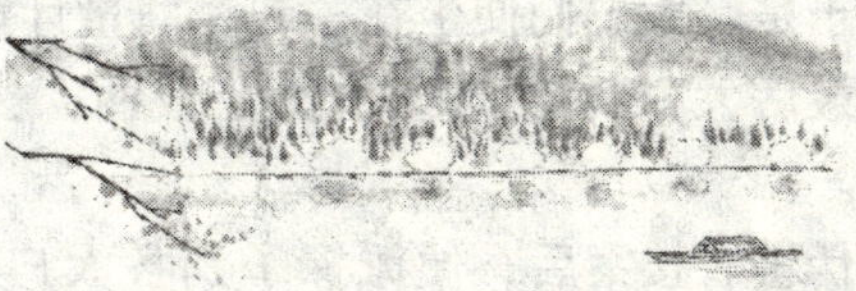

抗日战争时期，在苇子沟的卧虎岭、驼腰岭、马家店一带，经常有女盗出现。

女盗不盗穷户人家，只盗附近居住的大户人家。行盗时，不盗金不盗银，只盗这些大户人家的膘肥壮马。

女盗不盗穷户人家，便深得苇子沟老百姓的人心。

君子爱财，取之有道。女盗虽然取的是不义之财，但在苇子沟老百姓的心中没有民愤。

苇子沟的一些穷户人家，平常受尽了那些殷实人家的剥削，因此就很解恨地想：女盗一定是天神派来替穷人解气的，盗得好，感谢天神！

那些大户人家的马匹，被盗了又买，买了又被盗去。大户人家的脑袋并不都是笨壳，就想：这样的颠来颠去，等于白白把马匹拱手送给女盗一般。

回味过来后，大户人家就各自加固自家的院门和修垒高墙，购买枪支弹药，增加守夜的更夫。

然而这些大户人家的亡羊补牢措施，也未能阻挡住女盗的夜间光临，女盗仍频频得手，每次来都能把大户人家新购置的马匹洗劫一空。

掌柜的就气怒地询问守夜的更夫，为什么没有看住马匹？

更夫就对掌柜的说：看得住吗？

接着，更夫就对掌柜的描绘出一番惊心动魄的、具有传奇色彩的一幕来：

女盗每次来，都是在夜半以后。女盗好像能呼风唤雨，每次来前都有一阵大风发作，接着便有女盗从高墙上“嗖——嗖——”地跃下。刚开始只有两三个女盗，后来就有十几个一色青衣的女盗，把你团团围住，你拿枪的手就好像被她们施了什么魔法似的，怎么使劲也动弹不得了。

然后，大门处红光一闪，大门便徐徐而开，青衣女盗跃上马背，便随着渐

远的马蹄声，消失在漆黑的夜幕之中。

大户们听完更夫的叙说后，就觉着胆颤心寒了……

后来，青衣女盗夜闯深宅盗膘马的事，被越传越远，越传越神，以至被传成青衣女盗个个是飞檐走壁，来无影去无踪的江湖女侠了。

大户们闻此，更坐卧不安。

于是，大户们便坐在一起，商量计策。

最后大家一致同意，备上银两，去县城的伪警署，叫伪警署派人缉拿女盗。

伪警署接案后，便派探子到各大户的家里“蹲坑”。蹲了好长时间的坑，也未见女盗出现。探子们无奈，只好打马回城。

伪警署便又生出一计，派大批探子到县城及各镇的马市寻访，但寻遍马市，也未见到那些大户们被盗走的马匹。

伪警署和大户们心里便疑惑了：这些女盗们盗走的那些马匹不转手卖掉，又能何用呢？吃马肉？也不能吃那么多呀……

这个谜一直到苇子沟抗日大队攻打县城的那一天才解开。

那天，县城的城门前，硝烟滚滚，枪声阵阵，子弹在空中“啾啾”地怪叫着……战斗正持续得激烈之时，突然，城门外尘烟四起，尘烟处冲出来六十多匹马组成的马队，由尘烟中呼啸而来。

六十多匹马背上，坐着六十多名青衣女子。青衣女子手持大刀或长矛或长枪、短枪，以腿代鞭，快马飞来。

城门处的伪兵和日本鬼子，被青衣女子马队的这阵势，吓得丢了魂似的，扔下枪便向城里逃去。

抗日大队趁慌乱之际打开城门，冲进城里。

青衣女子的马队也随着冲进城里。

一阵短兵相接的拼杀后，县城终被抗日大队和青衣女子的马队夺下来。

战斗结束后，苇子沟抗日大队握着女盗之首冯女的手说：“谢谢你的合作，我要向司令部给你请功！”

冯女说：“谢我什么，咱们本来就是一家人。”

后来，青衣女子的马队被赵尚志所领导的珠河抗日大队收编，扩编为女子骑兵团，在与日军的多次交战中，屡建战功！

单线联系

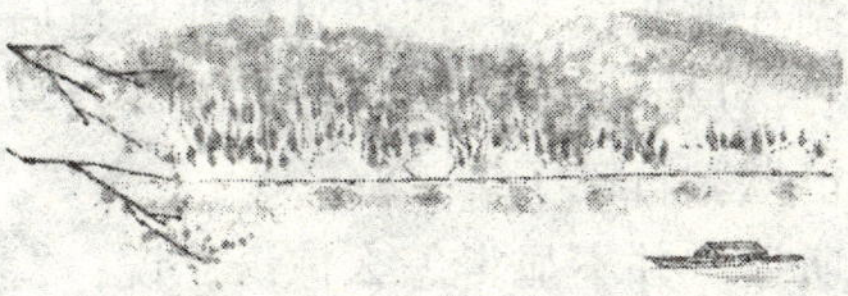

他正在办公室里工作。

电话“丁零零……”地响起来。

他抓起话筒：“喂！”

一个很稚气的童音从话筒里传来：“喂，您是王文叔叔吗？”

“是，你是哪位？”他问道。

稚气的童音就说：“我是不能公开姓名的地下情报人员，有个重要情报向您汇报！”

“请讲！”他挺起腰，挺认真地端正了一下坐姿。

“根据我掌握的可靠情报，您太太今晚六点在‘牡丹舞厅’门前，和一个男人约会。”

讲完，对方就放下了听筒。

放下电话后，他如坐针毡，坐坐起起，起起坐坐。

他就想：打电话的这个小孩会是谁呢？妻子和一个男人去约会，能是真的吗？……

下班后，到家他就开始注意观察妻子的神态。

妻子的神态果然不同往日。吃完晚饭后，妻子对他说：“碗筷你收拾一下，今晚我有事。”

说完，妻子就匆匆地走了出去。

看着妻子走去的背影，他怒火陡生，心里恨道：竟瞒着我去干那种事！

于是，他碗筷也未收拾，戴上墨镜就匆匆地尾随妻子而来。

到了“牡丹舞厅”门前，他停下脚步，躲在人群之中，偷偷地盯着妻。

果然，一个男人向妻子走来。那个男人到了妻的近前，和妻子握了握手后，就都沉默了。

稍许，妻子竟一下子扑在那个男人的胸前哭泣起来。

他在一旁看得牙咯咯响，拳头握得像涂了黏合剂，久久松不开。

他又向前几步，仔细地瞧了瞧那个男人。这一瞧，如在晴天里听了一个响雷，身心一抖。原来妻子约会的那个男人，竟是妻子离了婚的前夫。

这时，妻子和她前夫臂挽着臂走进舞厅。

他站在那儿，一脸的悲哀。悲哀过后，他就低着头默默走回家。

翌日清晨，妻子刚醒，他就把昨夜写好的离婚书递到她面前，说："我们不要自己欺骗自己了。"

她听后，并不显得怎么惊讶，说："我们早该这样。和前夫离婚后，我就觉得我是离不开他的。"

稍停，她又说："趁着我前夫未娶，你前妻未嫁，我们都各自破镜重圆吧！"

他点点头。

他和她就离了婚。

她和前夫就很轻易地复了婚。

他和前妻复婚不久，领着10岁的儿子去公园游玩时，儿子贴着他的耳朵，小声说："爸爸，你还记得舞厅门前，阿姨和他男人约会的情景吗？"

"记得。"他回答。

儿子听后，就显得很兴奋，说："那都是我亲自导演的，是我用电话单线联系上的。"

他听后很惊愕，继而，眼里盈着泪花，把儿子一下揽在了胸前……

我读我悟

刘罗锅

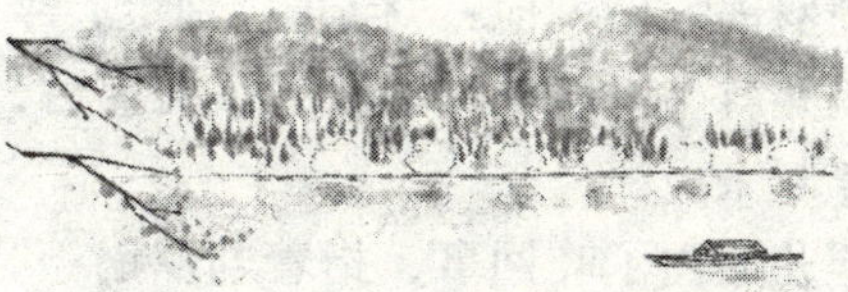

这个故事是苇子沟解放好多年后发生的。

苇子沟变成了县，有县就有县长。县长姓刘，是山东人，从山东参军后到东北，最后打到苇子沟，解放苇子沟时，队伍又继续向南进发，他留了下来。

当了县长的他，心里总惦念着山东老家益都的爹娘，还有一个罗锅的弟弟。

这样，他就回了老家一次，把爹娘和罗锅弟弟接到他任县长的这个县城。

到县城后，爹娘在家闲着，罗锅在街上开了个煎饼铺。

煎饼铺开张不久，罗锅的煎饼就在县城叫了响。

县城人全夸："罗锅的煎饼摊得好，脆生，有嚼头！"

于是，罗锅在摊煎饼时，就更仔细精心。

县城小，早晚总能见个面，见上面就总要打招呼。县城人不知道罗锅叫啥名号，只知道他是刘县长的弟弟，于是见了面也就直呼："刘罗锅，你好！"

刘罗锅也就回应："不客气！"

刘罗锅的煎饼铺每天总有不少食客，这些食客来自各行各业，到一起免不了要谈一些关于本城的新闻、趣事等方面的事情。因此，刘罗锅知道的事情也就绝不亚于当县长的哥哥。

一段日子，刘罗锅突然听说，县长的独生子，自己的侄儿在外竟做那些夺财霸女的事情，百姓们又不敢告此恶棍，因为他们知道刘县长就这么一个儿子。

闻听此言刘罗锅不信。后来，有几次他回家取磨碎的玉米面时，发现有几个女孩披头散发哭哭啼啼地从刘家大门跑出来。

这时，刘罗锅信了，确确实实信了。

他本想把此事对当县长的哥哥讲，可又怕哥哥气急生病，误了县上的大事，就没讲。

又有一段日子，刘罗锅总闷头“吧哒……吧哒……”抽那乌黑发亮的烟斗。

一日，刘罗锅没有去煎饼铺，哥哥嫂嫂去上班，爹娘去街上闲逛。

这时，侄儿从外回来，见屋里就叔一人，便要走。

刘罗锅喊住了他：“侄儿，别走，今天叔心闷着，陪叔喝两盅，咋样?”

侄儿就坐下陪他喝酒。喝了几盅后，侄儿突然心一阵绞痛，不一会儿全身就痉挛起来。

侄儿明白了咋回事，指着刘罗锅：“你好狠……呢!”

说完就倒下了。

刘罗锅也倒下了。

刘罗锅和他侄儿的鼻孔里有不是好色的血慢慢流出来……

后经法医鉴定，刘罗锅和他侄儿喝的酒掺有剧毒药品。

最后结案：刘罗锅，用毒药将亲侄儿害死。

后来，做县长的哥哥知道事情原委后，大惊，无言。

县长的公子死后，县城人都拍手称快，说：“刘罗锅行，真行！替民除了一害，只可惜搭了一条好人命。”

不久，县城的一些人就自发地在城郊树了一块墓碑，墓碑上刻有“除害英雄刘罗锅之墓”的字样，以寄哀思和缅怀。

我读我悟

生　命

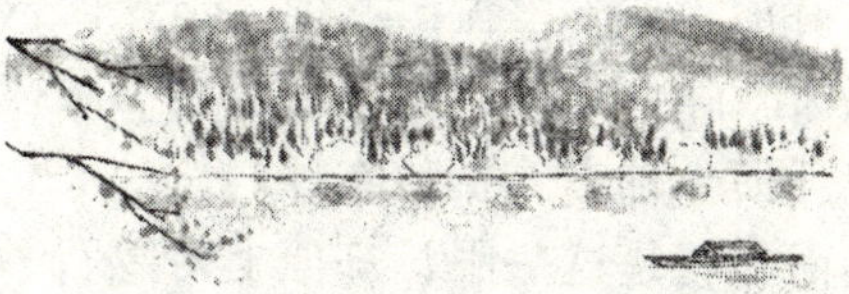

这是北方白雪皑皑的冬天，猎人汤大挎着那支爷爷留下来的老式猎枪，走在雪花飘飞的山林里。

这天，是汤大入冬以来狩猎日子最晦气的一天。踩着没脚面的雪，在林子里奔波了大半晌，却连个兔毛都没见着。

这是怎么了？偌大的林子里，兽们都跑哪儿去了？汤大这样想时，就靠在了一棵很大的榆树背上，掏出随身带着的面馍，又用手把积雪浮层上面的灰尘，很小心地拂去，就把手伸进雪的深处，抓出一团很白很白的雪，然后女人似的细心，揉成一个很圆很圆的雪球。

汤大啃一口面馍，就咬一口雪球，啃着，咬着……

吃饱后的汤大，看着手中没有一只猎物可背下山去，就突然想起作古多年的爷爷，想起爷爷说过的一句话：猎人进山，如果没有令人满意的收获，这是猎人的耻辱！

想到这儿，汤大就站起身，在苍茫的冬日里，顶着尖厉的风声，向林子深处走去。

他那猿似的长长的双腿，在林子里走起来很敏捷。不知走了多久，汤大觉着身后有异样的响动，凭着猎人的敏感，汤大迅速提枪转身。转过身的汤大，看到六十米以外有一只黑熊，在准备向他进攻。

汤大的神经就被这黑熊刺激得一下兴奋起来。他醉汉一般，瞪着两只发红的眼睛，冲黑熊吼道：“来吧，老子等你多时了！”黑熊并不动，只是坐在那里静静地望着汤大。汤大平端着枪，枪口对准了黑熊的心窝，但汤大没敢贸然开枪，只是和黑熊对峙着。只一会工夫，黑熊就耐不住了，它突然向前冲来，这时的汤大，怀着一种莫名的激动勾动了扳机。

糟糕！扳机没有勾动。再勾，仍然没动。熊是很聪明的动物，有思辨能力，它看汤大的肩头颤动两下后，并没有声响发生，就判断出汤大的枪出了问题，便迅猛地冲过来，一掌打掉汤大手里的猎枪，接着就又把汤大扑倒。

熊并不急于要吃掉汤大，它坐在汤大身上，用两掌抚弄着汤大的脸和肩。熊用舌头把汤大的脸舔得鲜血淋淋，耳朵也被熊掌掠去一只。

汤大本想挣扎，可这庞然大物坐在身上，使他丝毫动弹不得。汤大就闭上眼睛。有泪水从眼里流出。他知道这回肯定是熊口难逃。

汤大就睁开眼睛，想最后再看一眼蓝天衬托下的白色山巅。然后，再任凭黑熊以任何一种方式把他吃掉。

然而，就是这一眼，却似上帝感召一般，拯救了汤大的生命。

汤大在白色的山巅上，看到一个穿红袄红裤的女人走着。女人走得很慢，一扭一扭。女人的腰很细，臀却很丰满，叫汤大在熊的身下生出许多联想。汤大全身就激动不已，三十岁的光棍汉第一次这样细地瞧女人，也是第一次知道女人原来是这样地耐看。

男人的生命和女人生命的结合，一定是很滋润、很美丽的事情，汤大想。

汤大知道自己辉煌的生命里，还应该有很滋润、很美丽的事情呢！汤大就用心想逃出熊口的办法。急迫之中，汤大突然想到腰里的那把猎刀。汤大就偷偷很小心地用手把猎刀摸出来，趁黑熊还在得意地玩弄他之时，把猎刀狠劲地、深深地扎进熊腹，黑熊的身子就整个一颤。汤大又迅速拔出刀，双腿向上猛劲一蹬，熊这个庞然大物就四仰八叉仰倒在雪地里。汤大又一个鱼跃跳起，扑在熊的身上，用猎刀一刀又一刀猛刺着熊腹……

熊没有一声哀鸣，便蹬腿归天了。

汤大以从来没有的亢奋，抹下脸上的血，爬起身，歪歪斜斜地向山巅奔去。他要追上那个从山巅上消失了的穿红袄红裤的女人，他要告诉这个女人，是她救了他汤大的生命。

我读我悟

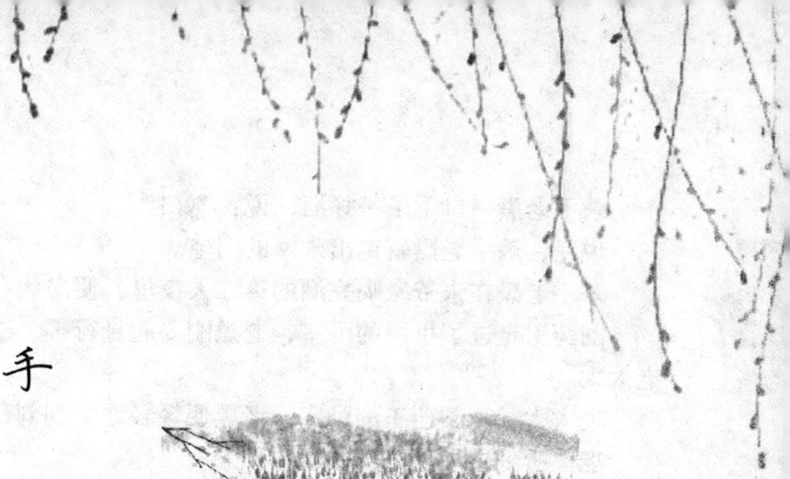

杀 手

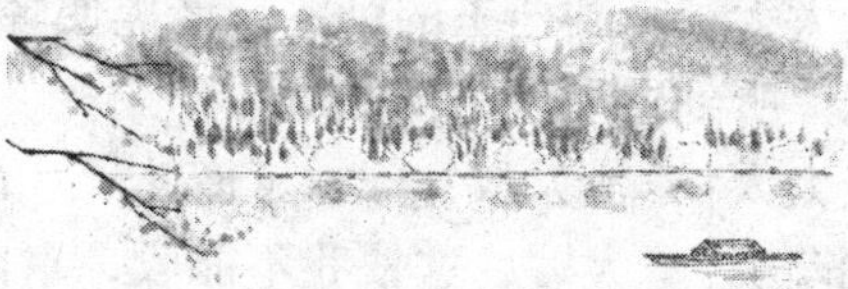

这是苇子沟解放以前的事了。

当时，老黑在苇子沟一带是有名的杀手。老黑是专吃杀手这碗饭的，苇子沟的人谁和谁之间有了私怨，只要你把银子甩给老黑，老黑就认钱不认人，保证能把和你结怨那个人的人头给你提来。

老黑杀人神不知鬼不觉，来无影去无踪。因此，官府几次查杀人凶手，查到他头上时，却都因证据不足，而动他不得。

苇子沟临街有两家药行，一家是“朱药行”，另一家是“刘药王”。

两家药行经营方针不一。

朱药行主人人称朱爷，在苇子沟是富户。朱爷原是盐商，做盐商发了财。后觉做盐商这生意吃苦还折腾人，便眼珠子一转，想：“人食五谷杂粮，岂有不生病之理。”于是，便更换门面，请来墨手，泼了“朱药行”三个大字，弄些假药和真药，就干起药行生意来。

刘药王是父业子承，以家祖遗传的药方，给人治病，对症出方抓药。

每天“刘药王”的门前，前来讨方治病的人络绎不绝。

“朱药行”的门前，却是“门庭冷落鞍马稀”。

这样，两家药行明显形成对鼎之势，竞争之激烈可想而知。

最终，朱爷觉得竞争不过刘药王。

一天夜里，朱爷失眠。翻来覆去之时，朱爷突然想起了杀手老黑。

翌日晚，杀手老黑便被请到朱爷的饭桌上来。喝酒时，杀手老黑知道自己是吃什么饭的，便爽快地问：“朱爷，要谁的脑袋？”

朱爷也更爽快：“刘—药—王！”

杀手老黑和朱爷开了价，朱爷点了头。

朱爷说：“后天早晨，你提着刘药王的人头拿银子。”

杀手老黑一口干了一杯酒，说："好！"

说完，杀手老黑就走出朱家的门宅。

杀手老黑在朱爷家喝完酒的第二天夜里，便潜伏在刘药王家院的暗处。

刘药王走进了里屋的卧室，老黑刚要起身行事。这时，从外面走进了一个老太太。

老太太径奔到药王的卧室，老黑便轻轻地贴到刘药王的窗前。

老黑听到屋里有这样的对话：

老太太："他大叔，你救了俺儿子一命，这点钱你买点喜欢吃的东西吧！"

刘药王："大嫂，这钱我不能收，拿回去给你儿子买点补品吧！"

一推一让，一让一推，最终刘药王也没有收老太太的钱。

老太太刚走，又进来一个小伙子。小伙子进屋就给刘药王叩头，说："大叔，俺爹的腿能走路了！"

刘药王微笑着扶起小伙子，说："好！好！"

小伙子刚走，又进来一个年轻俊美的媳妇，媳妇一进屋，就给刘药王做一揖，说："大叔，俺男人会说话了！"

刘药王又微笑着对年轻俊美的媳妇说："好！好！"

年轻的媳妇又说："大叔，那治病的药钱俺年底给你还上。"

刘药王说："那钱不要了……"

窗外的杀手老黑听着听着，眼睛就开始潮湿了。

杀手老黑翻墙而走。

老黑来到朱爷家，要了一杯酒，一口干尽后，说："朱爷，刘药王的脑袋你就甭要了！干杀手多年，我这是第一次破戒：认人不认钱了！"

朱爷问："怎么你没有拿到刘药王的人头？"杀手老黑点点头。

朱爷就很凶地训老黑："你不拿他的脑袋，就不怕我雇人要你的脑袋吗？"

老黑抬起头，双眼凝视了朱爷一会儿，就走了出去。

几天以后，朱爷的脑袋不翼而飞。

有人把此消息告诉老黑时，老黑正喝着酒。杀手老黑放下酒杯骂道："他朱爷是自己拿石头砸自己的脚，活该！"

骂完，杀手老黑就哈哈大笑起来。

从此，杀手老黑金盆洗手，再不做杀手这行当了。

死之一种

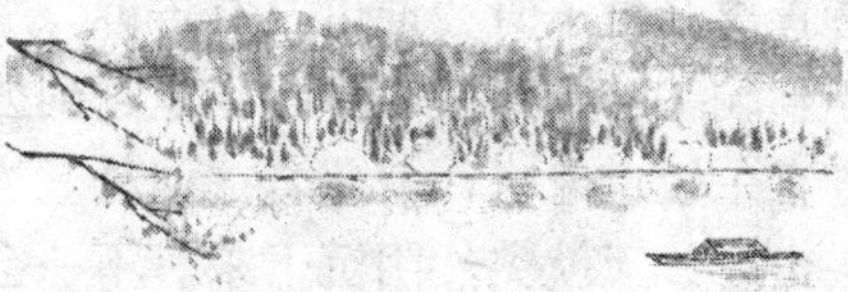

青青下乡到离城市很远的一个偏僻的山村。

青青是一个瘦小柔弱的女孩，生产队的那些又脏、又苦、又累的活儿，把青青吓得哭了起来。

老队长见后就拍青青的肩，交给她一支笔，一个本，说：“莫哭，干不了累活还有轻活，你就干记分员的工作吧！”

青青就做了队里的记分员。

青青知道这记分的工作，是和钱有联系的，就格外认真地做起这份工作来。

冬天，队里的人都闲起来，老队长就找到青青说：“青青，我看队里的人闲着也是闲着，咱们就办个文化扫盲班，你是下乡知识青年，这教师就你来当吧！”

青青点点头。

老队长又交给青青五支粉笔，说：“粉笔就这五根了，省着点用，咱这里离公社的供销社远，买一次挺费劲的。”

青青又点点头。

青青就又做起教师工作来。

青青给队里的人讲课，也像学校里小学一年级的老师那样，从基础开始，教写人口手，大中小……

一天下午，青青讲完课回来。当她发现放在窗台上的那三根粉笔，被玻璃窗上流下来的冰霜给浸泡得粉碎时，青青就傻人一般站在那里一动不动。

青青后悔，后悔不该在午间把火炉烧得那样热。

望着那一小堆被水浸泡过的白色碎末，青青想：这可怎么办？明天上课就没用的了。这几天队里的人，学习的热情越来越高……

想来想去，青青决定明天起大早赶到公社的供销社买回一盒。

青青所在的村子不通车，到公社的供销社必须得翻过那座横头山，然后还要徒步走三十里路，才能到达。

青青虽然是个瘦小的女孩，但决定的事情必须做，这是青青的性格。

第二天，山村还在一片漆黑时，青青就起床上路了。

青青离开村子时，谁也没有告诉。

不到晌午，青青就气喘吁吁地赶到公社的供销社，买回一盒粉笔。

青青午饭也未吃，就急着往回赶。当步行完三十里路，攀上回村必经的那座横头山时，天就突然阴沉下来。不一会儿，漫天的鹅毛大雪就一串子一串子飘下来。

雪越下越大，横头山一片白茫茫。

青青费了很大的劲，攀上了横头山的山梁，下山时，青青走错了路，在林子中的雪地里，东一奔西一闯地向山下赶着。

一不小心，青青跌进了雪中的一个很大的陷阱。青青知道，自己是跌进了猎人为猎熊而设置的陷阱。

青青也知道，如果自己不爬出这个陷阱，那么这个陷阱就是自己的葬身之地。

青青意识到有这样的严重后果后，就把那盒粉笔揣进棉袄里面贴身的线衣内，然后就拼着劲从陷阱里向外爬。

青青双手死死地抠住陷阱的边缘，双脚蹬住陷阱的壁，往外攀爬着。有一次，青青差一点就攀出了陷阱，可由于她的双手稍稍松弛一下，就又很无奈地滑落下去。

当队长和村里人，在这个陷阱里找到青青时，已是大雪停后的第三天了。

青青的尸体已被冻得僵硬僵硬的。

老队长的媳妇，从青青贴身的线衣里掏出了那盒粉笔，山上的人见后就呜咽成声。

青青死的这一年，刚满十八岁。

我读我悟

新生代阅读

重 要

女孩叫小奇。

小奇是从南方考进北方这所学校的。

小奇长得娇娇小小，一张娃娃脸，充满了甜甜蜜蜜的味道。

一个喜欢小奇的男孩，曾经这样描述过小奇：走近小奇时，感觉她的那张脸，就像春天田野里刚露出头的小草，给人满鼻子香气，很迷人。

这个喜欢小奇的男孩，曾经给小奇写过一百首诗，但并未得到小奇的回眸一笑，便觉得大跌面子，一赌气退学回了南方。

当同学问起小奇为什么不爱这个男孩时，小奇回答说“我不喜欢南方男孩的那种柔气。”

这样，在大学将近毕业的前夕，小奇爱上了同班的一个北方男孩。

北方男孩叫坤，长得高高大大，帅气中透着一股刚毅的气质。

在校园那棵榆树下的阳光里，小奇常把自己瘦小的背部贴在坤的胸膛前，然后自豪地说：“这感觉特踏实！”

坤听后，那种自豪的表情就溢满他那张黝黑色的脸。

小奇和坤经常去校园附近的那家“老鼠爱大米”的酒吧喝卡布其诺咖啡。

小奇常在慢慢地啜饮之间，向坤描述家乡的美好。

北方正值雪飘漫舞的二月寒冷中，小奇却讲起此时家乡成都的梅花开了，郁金香开了。

这怎么可能？坤满目疑惑。

小奇就把自己的手机递给坤说：“这是妈妈前天在公园拍的，用彩信给我发来的。”

没去过南方的坤，看后一脸的惊奇。

小奇对坤讲得最多的是成都的串串香，每一次见面都要讲。

小奇说："我们那儿的串串香，可真叫串串香，香死了，我每次吃都能吃掉一百串。"

小奇把坤讲得喉结都动了。

小奇就嘻嘻地笑，说："看，嘴馋了吧？别急，以后我带你去成都吃个够。"

…………

毕业了，小奇要回南方的成都谋职。

无疑，坤面临着选择。

最后，在爱情和故乡面前，坤选择了爱情，随小奇踏上了向南的列车。

火车载着小奇和坤，在两条乌黑的铁轨上，奔驰了两天之后就到了绵阳。

到了绵阳几乎就快到了成都。

这时，在小奇和坤之间发生了一些意外的事情。

因为一件不怎么重要的事情，小奇和坤吵了起来，吵得很激烈，双方各不相让。

火车到达成都后，走出站台的小奇也没理坤，自己打了一辆出租车走了。

坤是个很倔强的男孩，他没喊小奇，只是孤零零地站在火车站前的广场上，看着小奇坐着的那辆车渐行渐远……

而后，坤也打了辆车。

司机问："去哪？"

坤说："随便。"

司机就开着车带着坤随便地逛街。

驶过几条街后，在背离主街的另一条小街，坤发现有许多串串香的牌子挂在门顶的上方。

坤就想起了小奇经常向他炫耀的成都串串香。

时值正午，恰好坤也感觉到饿了。

坤叫停了车，走进了一家串串香店。

坤在临窗处找了一张小桌坐下来。坤发现这家的大厅里，几乎是桌桌爆满。

坤就想，难怪小奇这么夸赞串串香。

坤要了20个牛肉串、20个鸡肉串、20个木耳串。

不一会儿，锅内的红油加辣的汤开始沸腾。

坤就把牛肉串、鸡肉串、木耳串放到汤锅里。

这种方式吃串，坤还是第一次吃。

尽管是第一次吃，但坤在吃了不到十串之后，感觉索然无味。于是，坤就走出了这家串串香的店。

坤热爱诗歌，崇拜杜甫。

坤打车来到了“杜甫草堂”。当坤在草堂内转游到“诗史堂”内，正在默读“安得广厦千万间，大庇天下寒士俱欢颜”时，小奇的电话打到了坤的手机上。

小奇在电话中的语调有些哭叽叽的：“坤，是我。吵架的事情是我不对，你能原谅我吗?”

坤拿着手机沉默。

小奇就有些着急：“说呀！你在哪儿，我去找你。”

坤告诉了小奇，俩人约在“杜甫草堂”的正门见。

坤来到正门等小奇。小奇来后悄悄地从后面用双臂揽住坤的腰，把脸轻轻地贴在坤的背上，甜声甜气地说：“我再也不惹你生气了。”

原本还在生着气的坤，一下就不生气了。

小奇和坤牵着手又游览了草堂内的“水竹居”、“浣花祠”、“少陵碑亭”。

游至傍晚，小奇对坤说：“走，我带你去吃串串香。”

坤说：“别去了，我中午去了，没吃出什么香来。不像你说的那么好吃。”

小奇执意要去，说：“走吧，中午是你一个人，两个人吃的味道是绝对不一样的。”

坤就和小奇去了一家串串香。

小奇要了二百多串。

坤担心吃不了，便阻止。

小奇说：“保证吃得掉。”

串串香在火锅里煮熟了后，他们就开始吃。

吃了一会儿后，坤就好像找到了感觉，串串香在他的嘴里一串串地消失。坤吃得满脸流汗，低着头只顾一个劲儿地吃。

这是小奇第一次看见坤的这种贪婪的吃相。

两个人真的吃掉了二百串。之后，坤用纸巾擦着嘴边的油渍，说：“吃的过瘾，真像你说的香死了。”

坤问小奇：“怪了，中午我怎么没吃出这种感觉呢?”

小奇笑眯眯的反问坤：“你说为什么呢?”

坤答：“不知道。”

小奇用手指刮了一下坤的鼻子，说：“大——笨——蛋!”

小奇和坤说笑着走出串串香。

走出来后的坤，回头又看了一眼这家串串香店，于是，在心里记住了成都的串串香。

我读我悟

男孩和女孩的故事

这是一个男孩和女孩的故事。

故事中的男孩长得很帅气很潇洒。

男孩有一头茂密而又很美的黑发。

男孩喜欢弹吉他，喜欢唱流行歌曲。

无事时，男孩就在自家门前弹唱好多好多的流行歌曲。

一天，正在唱歌的男孩突然停止了弹唱，因为故事中的女孩这时出现了。

男孩看见那个挺漂亮的女孩站在不远处看他。

男孩就向那挺漂亮的女孩走去。

女孩用热辣辣的目光迎住他。走近时，女孩发现了男孩那茂密的黑发，就很惊异地说：“呀，好美丽的黑发！”

对女孩的惊异，男孩自己也感到很惊讶，就显得很不自在，就用手无意地很随便地摆弄着这头黑发。

男孩和女孩就傍着夕阳聊起来。

女孩说她是听到歌声才跑来的。

男孩说他是无事方唱歌的。

女孩爱无缘无故地笑，笑得男孩不自在起来，那手就无意地很随便地摆弄起黑发来。

女孩收住笑，走近，把男孩摆弄黑发的手从头上拿下来，对男孩说：“上帝给了你这头美丽的黑发，你应该珍惜，不应随便用手摆弄。”

说完，女孩就用自己纤细的小手，帮男孩慢慢地轻轻地梳理着乱了的头发。

男孩这时就显得更温顺，温顺得像一只羔羊…….

这样，男孩和女孩就好起来。

每天的傍晚，女孩总约男孩到户外弹吉他唱歌。

男孩常借歌声表达他对女孩的情感。男孩唱《天天想你》、《我有多想你》。

唱得女孩一脸的醉意。

接下来，男孩和女孩就坐下来，女孩就给男孩念诗：

死怎能从容不迫，

爱又怎能无动于衷，

只要彼此爱过一次，就是无憾的人生。

“怎样才算彼此爱过一次?”男孩就问。

“就像你我爱得又真又诚。”女孩回答。

男孩就不再问，又说别的。

男孩问女孩：“你为什么爱我?”

女孩答男孩：“就因为你有一头很茂密很美丽的黑头发。”

男孩听后就站起身默默地走了。

女孩站在那儿默默地视着男孩远去的背影，感到很困惑。

后来，男孩想到自己这很茂密很美丽的黑发肯定也会变成很稀疏很苍凉的白发时，就主动和女孩分手了。

男孩挺成熟地想：自己未来的生活毕竟不是一首流行歌曲。

男孩和女孩的故事到此也就结束了。

我读我悟

黑色幽默

琼是一个很美的女孩。

琼有好多的人为她做媒。

琼呢，就常常背着手，踱着步，在媒人面前很一本正经地说："谢谢对本人的关照，但我这一生恐怕与做媒的人无缘深交。至于什么原因，我不想说出来……"

媒人听后就摇头不解。

后来，人们说琼是现代女孩，不想叫媒人在中间跑来跑去，想自己在浪漫的氛围中，寻觅那种一见钟情的男孩。

其实，人们对琼的猜测错了。

琼是一生不想嫁人。这种想法的产生和形成，是在她十二岁那年夏天的某一天。

那年夏天里发生的那件不同寻常的事情对琼的一生来说都很重要。

那天，阳光很足，空气中流动的那种叫人无奈的燥热，把人变得慵懒而又无力。

琼从学校回来取忘在家的文具盒。当琼用钥匙旋转开门时，就听见父亲和母亲合住的那张大床上有异样的响动，琼就推开父亲卧室的门。

推开门的那一瞬间，琼惊呆了。

那一瞬间，琼承受住了一个十二岁少女脆弱心灵本该承受不住的一击。

琼在那张大床上，看到了父亲和一个她不认识的女人。

琼怒目圆睁，望着父亲和那女人。

女人走后，父亲走过来，说："琼，这事你无法理解。"

稍停，父亲又嘱咐说："这事千万别对你妈妈讲。"琼抑着快要流出的泪，对着父亲骂道："你不是我父亲，你是流氓！"

骂完，琼就拿着文具盒，跑回了学校。

这件事她一直没有对妈妈讲。

从那天起，琼就在心里发誓，一生不嫁男人。男人没有好东西，就连自己一向崇尚的父亲，都敢在光天化日之下，把女人领到自己的家里来，更何况别的男人呢！

现在，琼以一种长大后的成熟思想，来看待她十二岁那年夏天，父亲和别的女人通奸的事情，她就更觉出父亲的某些做人的可耻来，她就更憎恨男人，不信男人。

同事们都说琼怪。琼听后，只笑，不与之争辩什么。

有一个男孩非常爱琼，爱到发疯的程度。

这男孩就在爱得发疯的情况下，每日必给琼写一封信。

初时，琼接到这男孩的每一封信，都不拆封，把它锁在自己的抽屉里。当琼接到这男孩的第一百封来信时，她在信封的背面，发现男孩写了这样一行话：

如果你再不理我，我就为了爱情去自杀。

琼就在阳光姣好的天气里，约了这男孩，把男孩领到她居住的十三层楼的阳台上。

琼问男孩："你真的爱我吗？"

男孩说："爱你一生无悔。"

琼就又问他："为我你敢去死吗？"

男孩说："万死不辞。"

琼就指着阳台，说："那好，你现在就从这里跳下去。"

男孩听后，立即涨红了脸，连连后退，说："别这样认真嘛。"

琼说："你不是说为我可以去死吗？"

男孩说："那只是爱的一种形式上的或者说程度上的表达，有时未必是真。"

琼说："我需要的不是形式，也不是程度，我需要的是实实在在的表现。"

男孩觉得和琼再无话可说，就离开了琼的十三楼阳台。

后来，又先后有四位男孩，都被琼用同样的方式，吓得离开了琼的十三楼阳台。

到第五位男孩追她时，琼又照例把男孩领到她居住的十三楼阳台上。

当琼说"为了我你可以从这里跳下去吗"，男孩看看琼后，就毫不犹豫地说："可以，不过你得给我一个时间。"

琼说："爱可以不商量，死是可以商量的。"

男孩说："我不能穿戴这么随便就去见上帝，起码我得弄一套新服装打扮一下。"

琼就说可以。其实琼内心想男孩是在故意和她推托。

第二天，男孩果真西装革履地来到琼的十三楼阳台上。

这时，天色正黄昏。打扮得气度不凡的男孩，站在十三楼的阳台上，望着夏日里西天彤红的天际。

望了一会儿，男孩就做了几个挺潇洒的甩臂动作，就挺豪壮地问琼："我现在可以跳吗?"

琼就点点头。

就在男孩纵身要跳下阳台时，琼抱住了男孩。

琼被这男孩的壮举感动得泪流满面。

琼终于和男孩结了婚。

婚后不到一年，男孩有三次要抱着琼从阳台上跳下去，都被琼死命地挣脱。

后来，琼知道了男孩以前有过神经不正常的病史。

现在，琼常常坐在一个地方凝思默想。

想着想着，琼就泪流满面了。

我读我悟

狗

平是一名电焊工，是单位里一名技术过硬的电焊工。

单位里栽培平，就把平公派到外省的一家工业大学深造。

这时，平和敏结婚还不到一年。

夜里，平对敏说："真对不起，这一走就是一年，家里的事就让你费心了。"

敏依偎在平的怀里，泪水在眼里涌动着。

敏说："别这样客气，其实家里也没什么太大的事情。"

在平走的前一天，平在外要回一只黄毛小狗。

平对敏说："我给你要了一只小狗，你好好养着。它可以陪你度过孤独的时光，也可以防贼入室偷盗。"

敏很感动于平的体贴入微，就不住地点着头。

平走了，去了那家工业大学深造学习。

在家里的敏就很精心地喂养着这只黄毛小狗。

日子过得挺快，时间到了一年，平从那所大学学习结束归来。

当平以一种很急切的心情，推开自家的院门时，那条被敏养大的黄狗，就对着平很凶地狂吠着。平要向前走，那狗就做欲扑状。平只好止步，心想：这狗好凶啊！

这时，敏听见狗的叫声，就出来把狗驱走，把平迎进屋。

进屋后的平说："这狗好凶啊！"

敏未语，又像一年前离别那会儿，有泪水在眼里涌动着。

平就近前，一下把敏拥在怀里，一双手在敏的肩头很歉疚地抚摸着。

傍晚儿，平和敏正在吃饭时，单位里的同事辉走了进来。

平抬头看辉时，说："吓我一跳，怎么一点动静都没有就走进了屋？"辉没答，却说：“听说你回来了，就来看看。”

等辉走时，平就怕那狗咬着辉，为辉看狗。

刚推开门，那黄狗就又做欲扑状，对着平很凶地叫着。

这时候，辉说：“大黄，别咬了。”大黄狗就真的不咬了。

送走辉，平和敏回到屋。一夜，平的心里都沉沉的。

接下来的几天，平就感觉到他和敏之间不像从前了。

平就很和气地向敏提出了离婚，敏答应了。

后来，敏和辉就结了婚。

而平一直守着那条黄狗单独过日。

我读我悟

爱情在一转身时就已模糊不清

水儿生在北方，却有着江南水乡女孩的秀气。水儿长得娇娇小小，说话的声音柔柔细细。水儿的那张脸很可爱，浅笑间自然流露出来的笑靥，深得一个写诗的男孩喜欢，喜欢得如醉如痴。

这个写诗的男孩叫萧。

当萧确定自己这一生真的不能没有水儿时，他便开始为爱痴狂，坚持每天写给水儿一首诗，并亲自送到水儿的手里。萧虽然为爱痴狂，但并不像其他男孩那样，追女孩时一脸的嬉皮相，死缠硬磨非得立即要个结果。萧每次把写好的诗递到水儿的手里后，便马上转身离开。当萧把第一百首诗递到水儿的手里，转身要离去时，水儿喊住了他："萧，你别走！"

那是梧桐花开的一个雨天。萧拿着诗从家里出来时，天还没有下雨。雨是在他去水儿家的半途中下起来的。萧便在烟雨蒙蒙中奔跑。不一会儿，他便跑到了水儿家的楼下。

水儿家住在二楼，而水儿的卧室正好靠近临街的窗口。每一次萧在楼下喊她，水儿便会立即跑下楼，把诗接到手里后再返身上楼。而今天，萧喊了很多声，水儿也没跑下楼来。萧以为水儿不在家，就站在雨中等待。其实，水儿在窗内透过密布的雨帘，已经看到了站在雨中的萧，她在想：我看你能站多久。水儿的这种想法含着一种对萧的考验。

大约过了半个小时，当水儿再次把目光投向窗外密织的雨丝中时，她惊呆了，萧此刻依然站在雨中，而且依然保持着最初站立的姿势。那一刻，水儿的心中涌起异样的感动。她匆匆跑下楼，跑到了雨中站着的萧的面前。当萧从怀中掏出那第一百首诗，递到水儿的手里，转身要离去时，水儿喊住了他："萧，你别走！"

萧就没走。水儿走近前，一下把浑身湿透的萧拥进怀里，忘情地说：

“萧，你真好！”然后，水儿就用手梳理萧被雨淋湿了的长发。水儿对萧说：“萧，我会好好爱你的。”

接下来，水儿和萧恋爱了，爱得几近疯狂。在这个城市里，他们满世界地奔跑，在跑遍了所有的街道之后，他们又嫌这个城市太小了。

水儿和萧在街上行走时，总是喜欢抱着萧的胳膊，悠哉游哉地漫步，而萧也特别喜欢水儿抱着他的胳膊走，那感觉很男人。

水儿和萧常去的地方是年轻人最喜欢的各种“吧”。当这些“吧”都玩够了，他们便坐在家里听音乐、看碟。听苏永康的《爱一个人好难》，听阿杜的《他一定很爱你》。看《穿越时空的爱恋》，每一次都把水儿看得一脸泪水。

然而，正在水儿和萧的恋爱如火如荼的时候，萧的心却突然冷了下来，因为，在他们恋爱期间发生了一些意外的事情。

有几次，萧带水儿到大排档吃饭的时候，水儿的手机就响了。水儿边接手机，边有意挪离萧几步，和对方低语着什么。这叫萧的心里很不是滋味。又有一次，萧和水儿坐在出租车里，这时，水儿的手机又响了，坐在出租车里的水儿再也无法挪开那几步，便接了手机，但她和对方讲话时遮遮掩掩，神色慌张。这更叫萧的心里很不是滋味。于是，萧便开始委婉地暗示水儿：“水儿，你知道我为什么喜欢你吗？”未等水儿回答，萧便一字一句地对她说：“我喜欢你那对清澈如水晶的大眼睛，我想，你的心也该如你的眼睛一般，透明如水晶，像水晶一般容不得半点污垢。”末了，萧又极认真地补充了一句：“我需要的是爱情的忠诚！”

后来的约会之中，水儿又多次接到了电话，水儿接电话时的神色依然慌张，言语依然遮遮掩掩。这时的萧除了心里很不是滋味之外，还分明感觉到了伤害。萧和水儿谈话再不是暗示了，而是直接问道：“水儿，总给你打电话的是谁？”

水儿也很坦率，说：“他是我的同学，幼儿园时就在一起了。”

萧问：“青梅竹马呀，你们之间有没有其他关系？”

水儿答：“没有！我以人格担保。”

其实，在水儿的心里，那位男孩儿一直占据着一席之地。那位男孩大学毕业，现在在机关工作，从未停止过对她的追求。只不过，这些事水儿一直瞒着萧，她想从两位竞争者中挑一个。

听到水儿发誓，萧长舒了一口气，接着便把水儿拥进了怀里，说：“我是真的喜欢你，但你千万不要把我对你的喜欢当做一种资本，可以任意戏弄我的感情。”

水儿低语着："不会的，我知道谁对我最重要。"

水儿的话虽然这样表达，但是，那位男同学的电话仍然不断地打来。萧就开始和水儿因为那男同学的电话不断地争吵。争吵激烈的时候，萧就从心里做了和水儿彻底分手的打算。但当萧每一次转身要离去时，水儿便会追上来，从后面用双臂揽住萧的腰，并把脸贴在萧的背上，娇嗔地说："我再不让我的男同学给我打电话就是了，你何必发那么大的火。"

听了水儿的话，萧原本如钢样坚定的意志，瞬间就化做了炉膛里熔化的钢水。

情人节的那一天，水儿和萧又为电话争吵了起来。气急之下，水儿把买给萧的、刚吃了一半的巧克力扔进了卫生间的马桶里。于是，萧就开始哄水儿，把水儿哄开心了之后，他们便一起去了常去的那家大排档。

水儿和萧要了几瓶啤酒喝着。这天，水儿喝多了一些。从面馆出来之后，水儿看见满街的女孩都手捧着玫瑰花，而她只得到了萧的诗歌，于是先是流泪，继而用小拳头不住地砸萧。萧任凭水儿拳头砸在肩膀上，不语，始终微笑着。水儿的拳头停下来之后，便向前跑了几步，然后就坐在路边的人行栏杆上，掏出手机，开始拨打电话。

水儿脸贴着手机，柔柔地说："喂，你好，情人节和谁在一起啊？"

水儿放下手机后，萧便问她："你给谁在打电话？"

水儿站起来，摇晃着身子说："打给我男同学的。"

萧听后，脸色立刻开始变得冷峻起来："你的男同学对你就那么重要吗？"

水儿想了想，面部的表情突然变得很复杂，说："对，如果没有你的出现，他是我生命的第一！"

萧听后，就不再言语，继而，他转身默默地走开了……

这一次，水儿没有从后面追上来。水儿凄迷着双眼，望着萧远去的背影……她和萧的爱情在她的眼中开始变得模糊起来。

…………

经历过这一次失恋的水儿，挺成熟地想：一个女孩遇到一个坏男孩并不可怕，可怕的是遇到两个好男孩。

水儿的这种想法真的成熟吗？

水儿！

怀念初恋

有十几年没有回到故乡的小镇了。

这次是为伯父祝寿而专程赶回的。

故乡的季节正是北方的寒冬腊月，天气格外的冷，那种如锥子一般的寒风，把路上行人的脖子扎得吞缩在衣领里，低着头过往匆匆。

我的步子迈得没有那么急，走在雪路上的我，边走边看，看故乡的变化，看匆匆过往的行人中有没有熟悉的人。

走到镇上的农贸市场附近时，在市场大门的右侧，我看到了我高中时的同学张素琴。当然，她并没有看到我，是我在远远地注视着她。

张素琴不仅是我的同学，还是我恋情初萌时的第一个恋人。虽然因为某种原因，我们最终没有走到一起，但远离故乡小镇在另一个城市里居住的我，这些年来一直想着她现在过得好不好……

张素琴在市场大门里的右侧卖冻梨。

张素琴的脚前放着一柳筐的冻梨。

张素琴身穿一件军用大衣，衣面上很脏。

张素琴头戴一顶方形黄色棉帽，手里拎着一杆秤，在向过往的行人高声叫卖。

我感觉到，张素琴的嗓音很高，好像是在拼着嗓子吼，声音还挺嘶哑的：“冻梨喽！便宜的冻梨！”

我又往前走了几十步，就把我和张素琴之间的距离缩短了。我真真切切地看到了张素琴的那张脸，那是一张很黑很粗糙的脸，脸上还布满了许多的皱纹。

这时，我发现张素琴弓着腰咳嗽起来。咳嗽过后，张素琴“啧”地一声，把一口浓痰吐到她前面的不远处。

我怎么也不能相信，眼前这个举止粗俗的女人，怎么会是在十几年前，和我谈恋爱的那个皮肤白净、说话小声小气、梳着两条辫子、穿着细碎小格子连衣裙的少女张素琴呢？

老天爷，生活怎么这样残酷啊。

站在雪地上，我在想：张素琴呀，你最初的那种瞬间选择，使你失去了一份幸福。如果嫁给我，我怎么也不至于让你站在这刻骨的寒风里，卖这冻梨呀！怎么也不至于让你的脸上平白无故地添了那么多的皱纹呀！怎么也不至于让你的脸那么黑、那么粗糙呀！

瞬间的选择，能决定一个人一生命运呀。我相信了这话。

望着张素琴，我心里难过起来。

翌日，同学之中最好的朋友李金龙请我吃饭。

酒桌上，我和他谈起了张素琴。

李金龙说："现在的张素琴可惨了，他们两口子的单位都不景气，开不出工资来。张素琴的丈夫还有肺病，干不了重活。为了维持温饱，张素琴便只好到市场上卖冻梨了。"

李金龙还告诉我，张素琴现在是三个孩子的妈妈了，都是女孩。张素琴生这么多的孩子，是她丈夫的罪过，她丈夫要男孩，张素琴就一个接一个地生，结果最后也没生出个男孩来。

说到最后，李金龙问我："你和张素琴后来怎么分手了呢？"

我说："张素琴的母亲不同意，嫌我家里穷，张素琴为了不伤害母亲，便和我分了手。"

我又说："其实，张素琴提出和我分手是违心的，她是爱我的。"

李金龙听完，说："什么都不用说，要怪就怪张素琴没有福，命不好。"

喝完酒回到伯父家里，躺在床上，我心里总在想着张素琴，想着和张素琴的那一份初恋的情怀。

离开故乡的那天，我向李金龙要来张素琴的通讯地址，我决定要帮一帮张素琴。

从故乡的小镇回到城里后，我便开始拼命地写稿子。写那种大块纪实性文章，所得的稿费，我都通过邮局汇寄给张素琴。

汇款单的地址和姓名，都是我胡编乱造的。

我想用我的资助，帮助张素琴找回十年以前的那个张素琴。

在张素琴穷困潦倒的日子里，我愈发怀念起和她初恋的那一段时光了。

爱 情

军和翠是自由恋爱结婚的。

恋爱那会儿，俩人火火热热，一日不见，如隔三秋。

结婚后，无了爱情面纱的遮挡，双方各自的缺点便都暴露无遗。

军是急性子人，遇到翠要稍慢一点，军就骂是“吃屎都赶不上热乎的人”。

翠的嘴也不是省油的灯，听军骂她，便立马还嘴，骂军是“急着追赶阎王爷的人”。

你一句，我一句，骂火了时，俩人便厮打在一起……

结婚几年来，军和翠都是在这样的打骂日子之中过来的。

如果有两天不吵嘴打架，军和翠就觉得缺少点什么似的。

这样，军和翠就苦了和他们隔墙而居的左邻右舍了。

仗打到高潮时，左邻来拉，右舍来劝。

左邻右舍每次来拉架，都累得大汗淋漓的。

左邻常说：这两口子真怪，真叫人头疼！

右舍常说：这两口子真怪，这么打谁也没提过离婚的事，若换了别人早打散了。

有一点好，军和翠打仗相互谁也不记谁的仇，白天打过仗后，夜里睡觉时俩人就在一起亲密着……

大概是军和翠的儿子10岁那年的秋天，军因厂里的一次意外事故工伤了。

从此，军开始了坐轮椅的人生生涯。

从此，翠开始了推轮椅的人生生涯。

按说，这样俩人就不该吵架了。恰恰相反，军的脾气比之以前更加暴躁。翠办事时，如不合军的意，军操起东西就打，一次，军用一个空瓶子，抛在了翠的头上，把翠的头弄得头破血流。

翠急了，扑过来就把坐在轮椅上的军抓起来，给了军两个大嘴巴。

左邻右舍常叹着气说：这一对冤家，不知前世谁欠谁的债呀！

…………

岁月像河水一样地流，转瞬间把军和翠的头发流白了。

翠推轮椅推了几十年，把自己也把军推老了。

夕阳下，年老的翠扶着轮椅，对坐在轮椅里的年老的军说："真快，说老我们就都老了。"

年老的军双眼凝视着远方，说："是呀，说老就老了。"

年老的军又握住年老的翠的手，说："这几十年可苦了你，你没少挨我的打和骂，想想，这一生我真对不住你呀！"

年老的翠说："别说那些，其实我也没少打你骂你。"

停一会儿，年老的翠又说："别管怎么打，怎么骂，两口子之间只要没有外心那码子事儿，这仗怎么打也不隔心，是不？"

年老的军说："是，咱俩这叫打打骂骂也是爱。"

说完，俩人一阵大笑。

笑后，年老的翠推着坐在轮椅里的年老的军，向夕阳的深处走去，渐行渐远，最后定格成一幅美丽的夕阳剪影。

我读我悟

寻找黄奇

我和黄奇是在一个大院里长大的，我们有着很美好的快乐童年。

我和黄奇在大院里捉迷藏，在一起过家家，过家家时我给黄奇做过好多次“新媳妇”哩。

童年无忌，我们唱，我们跳，我们做着我们自己想做的事情。我和黄奇在这种无忧无虑的快乐时光中长大了。

初中毕业后，我和黄奇一起下乡到离我们居住的城市很遥远的一个山村。

我和黄奇分配到同一个大队的同一知青点。这个知青点有五十多人，都是来自不同城市的知识青年。

在知青点里，黄奇在各方面对我都很关怀。也许黄奇记得我妈妈在车站与我们告别时对他的叮嘱：“黄奇，你要好好照顾云侠，云侠毕竟是个女孩子呀！”

黄奇点点头，说：“伯母，放心吧，我会照顾好云侠的。”

我和黄奇下乡时，黄奇的爸爸就已经被打成右派了。因此，在知青点里，黄奇没有入团、入党的权利。点里的其他知青对黄奇还有些歧视，但黄奇对这些好像并不理会，他所做的就是每天下田劳动，然后作画、写诗，再就是来照顾我，帮我洗衣，陪我聊天。

记得是在收割麦子的季节，在金灿灿的麦田里，黄奇偷着塞到我手里一封信。趁歇工的时候，我偷着展开信，见信上没写什么，只是摘抄了裴多菲的一首诗《我的爱情在一百个形象中》。至今我还记得诗中的几句：

我的爱情在一百个形象中，
你若是孤岛，我愿是帆船，
我热情地在你的四周航行。

无疑，这是黄奇借裴多菲的诗，向我表达爱的心声。

在收工回来的路上，我对黄奇说："我们是接受贫下中农再教育来了，你怎么还会有这份闲心呢？"

黄奇听后，脸立刻红了。

但我怎么也不会想到，就在我对他说完这句话的几天后，黄奇突然失踪了，整个青年点里的人都在寻找黄奇，找了十多天也没找到黄奇。知青点派人去黄奇的父亲那里询问，黄奇的父亲说未见到黄奇。活不见人，死不见尸，黄奇到哪里去了呢？

我心里悲哀了一阵子，不知道黄奇究竟为什么离开我们。

几年以后我从农村返城。又是几年以后，我出嫁到另一个城市。无论人生怎样的辗转，我始终没有忘记黄奇，始终在寻找黄奇。

后来，有一天我在街上偶然见到在知青点时，曾和黄奇住在一个寝室的大王。大王对我说："你回城后，知青点里有过一阵关于黄奇的传闻，传说黄奇跑到国外去了。"

我问大王："为什么跑呢？"

大王很肯定地说："因为爱情。在黄奇失踪的前几天，黄奇曾对我说过，一个他很爱慕的姑娘，使他失去了信心。"

听完大王的话，我心灵深处受到了强烈的震动。天哪，难道是我的那几句话，促使黄奇对生活感到绝望从而失踪的真正原因吗？

我绝对没有想到那几句话，能把黄奇伤害到那种程度。我有预感，如果黄奇不走，我肯定会嫁给他。如果没有这种预感，我也就不会很不见外地对黄奇说出那样的话。

黄奇跑到国外去了，这是传闻。

黄奇真的跑了吗？

我读我悟

力

存粮的场院南侧，有一块一米见方二百余斤重的棋盘石。

这块棋盘石，在场院停放了多少年，无人知道。但从它上面那有些风化却还依稀可辨的棋盘格印来推测，它在这里已有些年头了。

村里的人，无论是从前，还是现在，无论是年老的，还是年少的，若是遇到了事情，双方僵持定夺不下时，就都拿这块棋盘石来定输赢。

甲说：你若能搬起那块棋盘石，这事我就依你。

乙说：好，可别反悔。

甲说：决不反悔。反悔就不是娘养的。

于是就去搬那块棋盘石，但终未搬动。

多少年过去，至今村里还没有一个人能搬起它。

这天，秋阳高照，正是打谷晒粮的好天气。

村里的亮子和二民，扛着打谷的家什走在去场院的路上。

从村口走出来，亮子就求二民一件事，二民始终不应。

求什么事呢?

二民读过五年书，算是村里高文化的人了，村里哪家写个信，都去求二民。二民有求必应，而且帮别人写信时的那股热情劲，好像他求别人似的。这些，二民并不在乎，因为在他的心里，只有别人求他写信时，他才感觉到自己是村里最有能力的人，也只有这时，他才觉得自己没有白活一场。

亮子小时候家境贫寒，读不起书，大字不识一个，他就想拜二民为师，求二民教他学文化。

亮子的要求并不高，只求二民教他能写个信就行。

无奈，二民就是不应。

二民有二民的想法。

二民想：教会你亮子，我二民今后上哪儿显示能力去？教会徒弟，饿死师傅的傻事我才不做呢！

二民这样想着时，就已和亮子走到场院上。

场院里的男男女女都在做活。

二民从肩上放下打谷的家什，亮子还不死心，仍贴在二民的身边磨牙。

亮子说："二民老师，你就教我吧。我不会忘记你的大恩大德的。"

二民仍不应。

亮子就又说："只教我写封信就行。"

二民显得有些不耐烦，刚要对亮子嚷，这时，他突然看见了那块棋盘石。

二民就说："亮子，你不是要学文化吗？"

亮子的眼里有了神采："一定要学！"

二民就说："你若能搬起那块石头，我就答应你。"

亮子望了望二百余斤的棋盘石，想了想，一咬牙说："行，你可别反悔。"

二民说："反悔不是娘养的。"

其实，二民心里明镜似的：亮子输定了。

亮子走近棋盘石。

场院上的许多男女也都围过来瞧热闹。

亮子赤着上身，骑马蹲裆，双脚站稳，双手把住棋盘石两侧的中部，他抬头向人群中扫了一眼。

向人群扫了一眼后的亮子，双臂一用力，"啊"的一声，二百余斤重的棋盘石竟离开了地面。

人群中发出一阵欢呼声。

有个上年纪的人说："真邪了，多少年没人能搬动它，今天竟让亮子给搬了起来。"

二民也想，亮子今天哪来的这股邪劲？

这个谜二民恐怕一生也解不开。

这个谜只有亮子自己心里最清楚。

当时，亮子双手把住棋盘石，向人群扫那一眼时，亮子就在人群中看到了翠花。

亮子在心里暗恋着翠花，他想给翠花写一封表达他爱她的信。

井 子

在叙述这个故事的同时，我必须得回忆一下2000年5月17日的下午，我和井子刚刚认识的一些事情。

那天下午，我到杂志社送完一篇小说后，便坐上一辆出租车赶往省委党校，参加在那里由省作协主办的一个作家短期学习班。

进入大楼，在楼梯口的拐角处，我低头想着一件事，便和楼上下来的一个女孩子撞了个满怀。

我急忙歉意地说："对不起。"

女孩说："我可不会说没关系。"

然后女孩一甩头发，站在那儿对我说："你是不是见我漂亮，一见面就想和我亲近?"

我说："不是。"

女孩问："是你的不是还是我的不是?"

我说："是我的不是。"

女孩又说："看你这人挺老实，否则我一定会到派出所告你流氓罪!"

我点着头，对女孩面露一脸感激的笑容，对女孩说："谢谢，谢谢!"

女孩就又一甩头，走下楼去……

现在是2005年5月17日的下午，尽管窗外的阳光很强烈地照耀在我的办公桌上，但是我的心情还是很忧伤。

我便以一种忧伤的心情叙述我和井子的故事了。

在我和那个女孩一撞满怀的那天下午的五点十分左右，我便知道了那个女孩叫井子，是省文学院的学生，写诗歌，也写小说。

在短期学习期间，我和井子熟悉起来。

井子经常到我房间里来聊天。

聊过几次后，我知道井子是那种自立性很强的女孩。井子为什么叫井子？井子的父亲是抗日时的一位日本军人的遗孤，在中国长大。井子一生下来时，父亲便给她起了一个井子的名字。

井子聪明、漂亮，做过国际倒爷，到俄罗斯做过皮毛生意。

井子在向我叙述这些经历时，她那两只很美丽的眼睛，常常是闪动着兴奋的光泽。

井子说和那些俄罗斯人喝酒特有意思，她曾用啤酒给一个大鼻子灌趴下了，然后成交了一笔生意，赚了不少美元。

说完，井子就很得意的笑个不停。

我学习结束时，井子和我告别。

井子说："你不要忘记一个叫井子的女孩。"我点点头。

不久，井子结束了在省文学院的学习，回到她居住的那个城市。

井子经常给我打电话来。井子在电话里告诉我，她开了一家汽车配件商店，经常到上海、北京、郑州进货。

不久，我在国内很有影响的大刊物上，读到了井子写的几篇小说。

我在电话里说："井子，你真厉害！又经商，又写小说，真是名利双收。"

井子说："你在奉承我。"

我说："我要是奉承你，将来娶了老婆也会当王八！"

井子在电话里呵呵地笑。

平心而论，我爱上了井子了，但又苦于无法向她表达，原因是井子太聪明，太漂亮了。如果我向她表白，万一遭遇井子的拒绝，我不是太失面子了吗？

爱不敢表白，每天我便遭受着这种情感的折磨。这时，有一个女孩子疯狂地爱上了我，但我不爱她。我一生中最大的失误就是我不该在酒后顺着这个女孩设计的圈套占有了这个女孩。

我把结婚的消息告诉井子后，井子在电话里很吃惊。

井子说："天呀！事情怎么会是这样呢？我是很爱你的！"

我更大惊，说："什么！你怎么不早说？"

井子说："这种事情是心照不宣的事情，还用说吗？"

"不说我怎么会明白？"

"哎呀，你这个人的情感方式怎么这么古老呀！"

说完，井子在电话里很伤心地哭起来。

我不忍听下去，便很慢地放下了电话的听筒。

我发现自己泪流满面了……

妞 子

娘用悲哀的语调给我讲着这个故事。

故事的开头是从做那对木箱开始的。

那天，村上来了一个小木匠，会做各种家具。

妞子娘就对妞子爹说：“和你结婚就没见过像样的家什装衣服，咱请小木匠做一对木箱吧？”

“行。就做对吧。”妞子爹说。

小木匠就被请到家里来。小木匠长得俊，活做得也利落干净，嘴还甜，一只箱子没做完，妞子爹娘就不知被唤了多少次叔婶。

那年，妞子十八，长得水灵。许是缘分，妞子打见着小木匠的第一天起，就喜欢上小木匠。

第二只箱子没做完，妞子就和小木匠在那片美丽迷人的月亮地上相依在一起了。

妞子依在小木匠的怀里，望着小木匠额上的一块疤，问：“这吓人的疤是咋弄的？”

小木匠说：“斧头砍掉的一块木片飞进额上的皮里，就落下这疤。”

“咯咯咯……你真笨！”妞子笑。

“哈哈哈……”小木匠也笑。

又一天夜晚，妞子就把自己的一切交给了小木匠。

之后，妞子就和小木匠说：“咱结婚吧！”

小木匠想想后，说：“钱还差着哩，等我再转几个村子把钱赚够了就结婚。”

妞子答应了。小木匠就又去了外村做活赚钱。

自小木匠走后，妞子的心就觉着空落落的。天天到村西的路口望，可望了多少望也没有把小木匠望回来。

这时，妞子的肚子气球般地渐渐鼓起来。妞子心急得火燎燎，想去找小木匠，又不知小木匠家住何方，只知道小木匠姓刘。

妞子这个悔，当初咋就忘了问他家住哪里，叫什么名字。

娘哭。爹骂："那个丧尽天良的小木匠，见了他非刀杀不可！"末了又骂妞子娘："都是你办的好事！这些年没箱子也过来了，偏偏要做什么箱子！"

这一骂，妞子娘就哭得更甚。

妞子近前对娘爹说："小木匠不像是那种坏了心的人，可能有事转不回来。你们怕丢人，我就到下不落村的姑家把孩子生下来等他。"

妞子就到了下不落村的姑姑家。不日，就生下一男孩，妞子给起名叫刘大小。

大小满月后，妞子就在姑家的近旁找了房子，领着大小过日。

这一过，就是二十年，小木匠也未寻来。

妞子老了，脸上爬满了数不清的蚯蚓般的皱纹。几十年的孤苦寂寞不说，单就大小懂话起，就一个劲地问："娘，俺爹呢？"

妞子眼含着泪答："到一个很远的地方做木匠活去了。"

那时的儿子好哄骗，可眼下的大小已出落成一个大小伙子了。

好在大小很明事，他从娘那整日呆呆无神的眼睛里读懂了一切。心想：爹不是死了，就是抛弃了娘。于是，在娘的面前也就不提爹的事。有时还劝娘："别整天愁愁的，咱的日子过得也不比别人差。又买了四轮车，往后的日子就更有亮头奔。"

妞子点点头，笑笑，后又拉过儿子，说："大小，以后在外行事可要用好心眼儿呀！"

"嗯。"大小答应。

一日清晨，大小弄四轮车到县城拉化肥，非要把娘带上，说叫娘出去散散心。妞子就跟着去了。

那天早晨，天阴着，空气中弥漫着晨雾，大小开着四轮车向前行驶着。突然，前方冷不丁出现一辆东风货车急驶而来，大小躲避不及，两辆车终于在一声震天响中相撞到一起。

妞子被甩在路沟里，大小倒在血泊中。

当妞子被一个男人从惊吓的昏迷中唤醒时，她第一眼看到的就是这个男人额上的疤。

"小木匠！"妞子脱口喊出。

男人一愣，接着就低下头：“你是妞子？”

妞子点点头，不语。

小木匠就说：“那时俺在大山里住，我回家和娘说要娶你，娘就说山里人不娶山外人做媳妇，这是山里的规矩，谁也不能破。后来俺娘就叫我娶了山里的翠花，不娶，娘就跳井，俺无法就依了娘，娶了翠花。”

短短的几句话就算交待了。妞子那凉凉的泪在瘦瘦的双颊上蠕蠕而动。

突然，妞子意识到了什么，急忙四处寻大小，当定睛看时，心就颤颤的了。大小蜷缩在汽车轮下的血污中，那血是从头部流出来的。

妞子转头问小木匠：“车是你开的？”

“嗯，我搞个体运输了。”

妞子的脸就立刻变得灰白：“天呢，你知道撞死的是谁吗？他是你的血肉呀！”

小木匠听后，两眼直勾勾，脸也变得灰白，好半天才转过神来抱住大小：“儿呀，这是爹的报应，这是命呀！呜呜呜……”

后来，小木匠经受不住这种打击，自绝人世。

妞子呢，妞子疯了……

故事讲完了，娘就哭，我也哭。

故事中的小木匠就是我爹，但我娘不叫妞子，我娘叫翠花。

我读我悟

对　面

进入这个城市后，我受聘于一家法制类杂志社做编辑。

坐在我办公桌对面的是一个女孩，叫丽萨。

丽萨是个既浪漫又现代的女孩。

从我来这里的第一天开始，我就对她产生了十足的好感。那天，当我走进光线有些昏暗的办公室的一刹那，因为想着自己日后可能会身不由己地在这个地方做长时间的逗留，便感觉心头一沉。就在我为了自己的选择，心情突然变得有些糟糕时，门口突然传来一阵脆生生的笑。不等我抬头，随着笑声一个靓丽的身影一下闯入我的视线。

“你好，我叫丽萨，你是新来的?”还没等我开口，丽萨的问候已经送到我面前。“你好，很高兴做你的同事。”为了配合丽萨的语速，在我还没有完全将她看清时，通过快速抢答，就把由阴转晴的心情呈现出来。

那天，丽萨上身穿一件露肩的炫彩棉麻衫，下身是一条稍稍过膝的蜡染牛仔裙，在她白皙的颈部和细细的手腕上，佩带着闪动着真实的色彩、极富个性的藏酷项链和手镯。她那嫩白的面孔上几乎见不到人工雕琢的痕迹，清丽中透露出挡不住的明艳。一见到丽萨，我仿佛突然看到了雨后那迷人的彩虹，再没有理由让自己不快乐了。

有丽萨在时，办公室里便处处春意盎然，而我在这种盎然的春意中，也总是能够找到最佳的工作状态。说丽萨是个新新人类，一点儿也不为过，她在穿戴中的自我创意与先锋时尚，常常招致别的女孩频频盗版。谈起“小资情结”，丽萨更是头头是道，几乎无人能敌。我戏称丽萨是游走在钢筋水泥的丛林中的一条活泼的小鱼，一个欢快的精灵。

丽萨称我是现代派作家，她很喜欢同我探讨一些话题，比如“蓝调音乐”、“后街男孩”、“现代雅皮士”、“暴走族”；比如，“DIRTYDANCE”、“沙狐球运动”、“单人徒步旅行”、“新浪潮电影”……在我的感觉中，丽萨的小脑袋里总是充满了奇奇怪怪的想法，有时抽冷子问我一句，就叫我难以招架。可是，我心里又是多么喜欢与丽萨进行这种令人愉悦的交流啊！

因为丽萨，我爱上了办公室。只要丽萨在，有时，连下班我也迟迟不愿离开。因为丽萨，我在工作中发挥了极大的主观能动性，费尽心思全国各地约稿，尽心尽力地为杂志社工作着。丽萨哪里会想到，她几乎成为我在这个城市里生存的快乐源泉。

一天，由我做执行主编的一期杂志由于约到了几篇很有分量的稿件，在读者中引起反响，销量看涨。总编大喜，大大夸奖了我。借着兴奋，我约丽萨去酒吧喝酒，丽萨爽快地答应了。在酒吧充满情调的灯光里，坐在我对面的丽萨依旧笑语欢声快乐似天使，我们对饮了几杯“喜力”之后，她那张年轻的脸变得更加生动了，一张酷似舒淇的性感的嘴唇也格外娇俏动人。此时，望着一袭红裙下，光艳照人的丽萨，我竟变得有些心猿意马了。

或许是我的错觉，那一夜，丽萨始终情意绵绵地望着我。

原以为美好的开始一定会预示着美好的结局，可是，有一天发生了一件事，这件事彻底改变了我的选择。

那天，我从外面返回杂志社，当我接近总编室时，忽然听到从里面传来了一阵激烈的争吵，透过半开着的门，让我深感意外的是，我竟看到丽萨背对着门，一手指指点点着什么，一手卡着腰站在那儿，完全不见了往昔的美好。为了避免尴尬，我紧走了几步，但丽萨尖利的声音还是避之不及的钻进了我的耳膜：“总编，我跟你说，差我一分钱也不行，这是我应该得的，哼！谁也别装糊涂，要不大家的日子都过不好……”这时，从我背后传来了同事们的议论：“瞧见没有，利益当前，分毫不让！”“不知谁那么倒霉，撞在了她的枪口上。”我再也听不下去了，以极快的速度返回办公室。曾经代表着美丽、青春、性感等一切美好事物的丽萨，就这样在我面前轰然瓦解了。

这件事毁灭了我对美好生活的追求啊！

我突然对这座城市充满了极度的失望。于是，我决定选择离开。

在我悄然离开这座城市的第二天夜晚，丽萨给我的手机打来电话，电话中丽萨天真地问我：“为什么总编如此看重你，给了你那么高的薪水，你还要离开？”

我语调平淡地告诉她我有了更好的选择，不想委屈自己。然后，我匆匆挂断了电话。

也许，丽萨永远也不会明白我离开的真正原因。

二十岁或三十岁

情感的事情很难说明白。

二十岁的情感很微妙，也很单纯。三十岁的情感趋于成熟且又极喜欢到外面的世界寻找一种新的情感，以慰藉自己虚空得很无奈的心灵。

因此，一些太太和小姐就在啜茶之余评论男人，说：“男人学坏，三十开外。”

一天，我去肖太太的寓所，望着肖太太面若桃花的粉腮，我便有某种一闪而过的念头触及了大脑。

这时，我就意识到自己是个很不地道、很不光彩的男人。于是，就非常地自窘起来。

肖太太看出我的窘相，就说：“男人在女人面前必须表现出一种非凡的力度和挺拔。千万不要贼眉鼠眼，慌慌张张。”

我说：“肖太太，实在对不起您，今天我是喝了一些酒的。”

肖太太说：“没关系!”

之后，肖太太就燃起一支烟，很潇洒很有派地吸了起来。

接着，肖太太说：“我二十岁那一年，生意场上失意，因此，就整日灰心丧气，一副穷困潦倒的惨淡相，叫人看了第一眼就不想再看第二眼。后来，在参加一位女友的生日宴上，一个大我几岁的青年，和我碰了一杯酒后，对我说：‘无精打采的女人是最叫男人瞧不起的。这样活着还不如买根绳子去自杀呢!’他说完放下酒杯就自顾走了。

“人生二十载，坎坎坷坷，风风雨雨，头一次遇到说话这样坦率的男人，我就打心眼里佩服。一种逆反心理驱使我咬着牙拼搏于生意场上，最终成为腰缠万贯的阔人。当我拿着厚厚的一叠钞票，去酬谢他时，他却把接在手里的钞票愤愤地摔在地上。

"他的举止，他的讲话都与别的男人不一样，也就是说他是一个很有个性的男人。

"后来，我们相爱了，他成了我的丈夫。

"他的个性在婚前对我诱惑是极大的。可当我们结婚几年后，也就是他三十岁我接近三十岁时，我发现他身上的那种个性对我再不是充满神奇般的诱惑了，这也许是我太熟悉他的缘故。"

肖太太吸了几口烟后，又说："在我三十岁那一年，我突然对生活产生了一种厌烦，常常会无缘无故悲从心起。看窗外淅淅沥沥飘下的小雨时，就想掉泪，看夕阳逝去时，心就无限惆怅。于是，我就经常出入舞厅，也受一些先生、太太之约，去参加他们的家庭舞会。寂寞的情感在舒畅的舞曲中得到一种寄托。

"一次，我丈夫带我到一家咖啡屋，他坐在我的对面，很认真很认真地对我说：'连自己男人的情感都垄断不了的女人，还叫女人吗？告诉你，亲爱的，我快有外遇了！'听完丈夫的话，我的心一颤。丈夫有外遇，这是做妻子的失败与耻辱。我怎么能失败呢？不能！我就不再出入舞厅，就专心地讨丈夫的喜欢，给他女人的温柔，给他女人的爱。爱的付出与回收是相等的，付出多少，就会收回多少。

"后来，我丈夫爱我的那种情感，就像火山爆发般炽热。我飘荡的情感终于又有了停靠的港湾。

"某日，我问丈夫：'那时真的快有外遇了吗？'我丈夫听后，很神秘地笑笑：'不，我是怕你有外遇！'"

正谈至此，一位挺英俊漂亮的先生走进房间来。

肖太太站起来，对我介绍说："这是我丈夫肖一强。"

我近前握手："肖先生，您好！"

"您好！"肖先生礼节性地回问。

我和这位很气派而又十分有个性的肖先生交谈了五分钟左右就告辞了。

走出来的路上，我想：二十岁或三十岁上的事情，其实是很容易说明白的。

圈套

他和她结婚八年，终于盼来宽敞的两室一厅，外加宽敞的阳台。

他们住的是三楼，这是高层楼房中最适宜也最令人羡慕的。

乔迁新居后，他们把多年的积蓄从银行取出，该置办的都置办了……

余暇，妻子对他说：“以后我们该好好享受一下生活的乐趣了。”

他也说：“享受一下真正的现代生活味道。”

“来，喝点茶。”妻说着将一杯茶递给他。

他喝了一口，问妻：“你说婚姻这东西真怪，我做梦也没想到咱俩能走到一起。”

妻说：“什么怪，当初若不是你对介绍人讲对我印象如何如何好，我才不肯嫁你呢!”

听后，他霍地站起：“什么？当初若不是你对介绍人讲对我的印象如何如何好，我还不肯娶你呢!”

“你对介绍人没讲对我印象如何如何好？”妻问。

“没讲。”他答，“你也没对介绍人讲对我的印象如何如何好？”他问。

“没讲。”妻答。

“天啦，咱们这是钻进了介绍人给设计的圈套!”他俩同时这样说。

后来，他俩的感情就产生了隔膜。

后来，他俩就都认为介绍人隐瞒双方使用圈套而达成的婚姻是缺乏感情基础的。

这样，他俩就离婚了。

离婚一年后，他俩仍是一个没娶，一个没嫁。

据说他俩谁都不敢再轻信介绍人的话，怕再入圈套。

两年后，他找了她，她也找了他，他俩都想重归于好。

终于，他们自己谈妥了。

破镜重圆的第一夜，她甜甜地对他说：“我们这是钻进了自己给自己设计的圈套。”

“这样无怨。”他说。

“这样无悔。”她说。

“爸爸妈妈，你们在说什么?”隔壁五岁的儿子问。

这时，壁灯才灭……

我读我悟

年轻时的事

他和她结婚八年，他和她就争吵了八年。

说不出为什么争吵，也说不出争吵是为什么。

吵架时，他说每次吵架都不怪自己。她说不怪你怪谁呀！

他说怪天呀！怪我的眼选错了人呀！

她就不语，一旁嘤嘤地哭泣。

他有过离婚的打算，可一看到很可爱逗人的儿子，心就软了。

对生活的别无选择，他只好无奈地叹气……

一日，他去商场购买物品，在柜台里他发现了自己最喜欢的浅蓝色丝袜，他就没有犹豫地买了一双。

回到家里，他就把这双刚买的丝袜穿在脚上。

他觉得这双袜子稍小了一些，但并不是不能穿，他就穿着这双袜子上了一天的班。

下班后，他发现自己的大脚趾把这双新买的袜子顶出了一个窟窿。他不经意地把袜子脱下，随手甩在墙角处，说选物不同选人，选中的物品发现不合适可以随手扔掉，人就不行喽！

她听他说出这样的话，又看看被甩在墙角处的袜子，心里突然感到冷，有泪涌上眼圈，但她却没说什么，更没像往日那样和他争吵。

不久以后的一天，他突然看见被自己甩掉的那双丝袜穿在了她的脚上。那个被他脚趾顶出的窟窿，已被她完好地缝补上。

见他挺惊讶，她就说坏了的袜子，缝补上还叫不叫袜子？

他说，叫呀！叫袜子！绝对不叫帽子！

她就自豪地说袜子坏了可以缝补上，感情有了裂痕也是可以缝合的。

他听后没语，认为她的话是很有道理的。

这以后，他和她就没有再吵架。其实不是没有吵架，而是刚要吵架时，他和她就不约而同地想起了那双缝补好的丝袜。

再以后，他和她就真的不再吵架了，一直很和气地过到年老。

年老时，他和她都极喜欢拿出那双已经缝了五块补丁的袜子细细地端详。

这时，他和她就都同时说年轻时的事真有意思！

我读我悟

记 忆

在大学读书时，涛是很爱敏的。初时，敏并不怎么爱涛，原因是嫌涛缺少一种男子汉的硬度。

敏越是拒绝，涛就越是死追不放。涛从敏的拒绝之中，感受到敏的高傲是一种魅力，一种性格，这就更令涛初衷不改，苦苦追求了。

这时，就有人说涛真赖，人家不干还干吗死缠不放呀！

涛就对人说，这不叫赖，这叫爱情专一。再说，爱情本身就该有一个过程，唾手可得的爱情不叫爱情，那叫娃娃游戏。经过艰难曲折得到的爱情，能给人留下许多值得回味的东西……

涛就又为自己加足劲，在敏面前大献殷勤，要尽各种招数，终于使敏投入到他的怀抱。

这时，就又有人说涛真卑鄙！真可耻！真下流！

涛就对人说，在爱情的国度里，卑鄙一些，可耻一些，下流一些，这都是合情合理的。

人们听后，又都认为涛是一个十分可恶的人。

涛不理会这些，依然和敏爱得死去活来。

不久，大学毕业，涛就和敏结了婚。

结婚后的许多日子里，涛和敏生活得十分和谐。

大概是四年以后，涛突然觉得和敏的生活缺少了一些什么，确切地说是敏的身上缺少了一些什么。涛觉得像敏这样水一样软的女人，太没有自己的性格和主见了。母亲那个年代女人的嫁鸡随鸡、嫁狗随狗的恶习，仍在敏的身上不幸地繁衍着。

和这样的女人终生相守，这是不是有些太悲哀了？涛时常这样想。

现在的涛认为敏是一道明明白白又非常易解的题，太不深刻。涛喜欢深刻的女人，涛喜欢女人像一道深奥的难题，叫男人解不开而又愿意动脑筋去解，这才有味道。

有了这样的思想意识后，涛就十分投入地爱上了一个读哲学的女孩。

涛和读哲学的女孩在家里时，被出差回来的敏撞见了。

撞见的那一瞬间，处于旅途疲惫之中的敏，几乎瘫倒在地上。但是，敏还是咬着牙，坚强地挺直了身子，近前握住读哲学女孩的手，说，谋事在人，成事在天，这都是天意，我祝你们幸福！

说完，敏就头也未回地走了。

读哲学的女孩，望着敏远去的背影，感动地哭了……

不久，敏就和涛离了婚。

离婚后的敏，在某一天的傍晚突发大病，高烧不止，七天七夜后才从昏迷中醒来。醒来后的敏就不是敏了，因为她丧失了记忆功能，对发病前的许多事情都不记得了。敏不认识了自己的父母兄妹，不认识了同事同学。

医生说她这病得的突然又奇怪。

后来，一位研究人类记忆的专家，来到敏的床榻旁。专家很认真地观察了一会儿敏的神色后，说："敏，你能把你记得住的唯一的事情对我讲吗？"

敏就费劲地想，说："我只记得一件事。"

专家就高兴地点点头。

敏说："我记得涛和我恋爱时说过的一句话，他说爱我一生无悔。"

专家听后默不作声。

专家离开病房时，眼里涌着泪花。

我读我悟

人生麻辣坊

1976年7月28日

下班刚进家门，妻便一脸的怒气，对我说：“你行呀，还背着我玩浪漫，搞了一个叫燕的唐山女人！”

我丈二和尚摸不着头脑，对妻笑笑，说：“你真会表扬我，我哪有那胆量，和你恋爱时，还是你先动手的呢！”

妻却一本正经：“别和我装糊涂，什么胆量不胆量，色胆可以包天！”

听妻这样说，我知道事出有因，便问：“到底怎么了？”

妻就啪地甩给我一张纸条，我急忙展开，见上面写着：

亲爱的：

也许是情缘所致，你我在孤独难耐的旅途中相识。是你排除了我的寂寞，给了我无限的令我难忘的温馨。如果你要保持和我的联系，请按下面的地址通信：河北省唐山市南开区四马路二号楼1单元201号。

爱你的燕

读完纸条，我气得想哭也想笑，便问妻：“你是从哪个垃圾箱里拣来的？”

妻说：“从垃圾箱里拣来的我就不问你了。最关键的问题是，这张纸条是在你的书里发现的。”

“书！什么书！”

“台湾李某写的那本《外遇》。”

“这怎么会呢？”

“是呀，这怎么会呢？在我最真诚可爱的丈夫身上怎么会发生这种事情呢！但是，事情真真切切实实在在发生了，这你又怎么和我解释呢？”

“我无法解释。”

稍停，我又说：“尽管我无法解释，但我敢对天发誓，我在外若搞女人，我不是人，是狗是鸡是鸭是牛是马是什么都不是的四不像！”

妻听后笑了，笑的表情挺冷酷，说："你是什么我不追究，但我要追出那个叫燕的唐山女人！"

我不语。

妻就又说："明天我就去唐山，按纸条上的地址，找那个叫燕的女人。"我知道妻说的是气话，便不再理她。第二天我去上班。中午下班时，见写字台上留有妻的一张纸条，告诉我她去唐山找那个叫燕的女人。

看后，我又气又急。女人啊，女人！转念又一想，妻此行也许是一件好事，她到了唐山真能找到那个叫燕的女人，妻对我的怀疑不是就烟消云散了吗！

然而，我怎么也没有想到，就在妻走后的第二天早晨，广播里的一条新闻竟使我听后险些晕倒：今日凌晨3时40分，我国河北省冀东地区唐山发生了强烈地震。据我国地震台网测定，这次地震为七点八级，如同400枚广岛原子弹，在距地面16公里处的地壳中猛烈爆炸。

听完这条新闻，我周身上下直冒冷汗。我马上意识到我美丽可爱的妻子有可能遇难。因为按照路途的旅程算，我的妻子是发生地震的这天夜里到达唐山的。

我望着唐山的方位，默默地流下了一个男人轻易不流的泪。

当我带着很伤感的心情，去单位告假准备奔赴唐山时，我见我的同事小张那双红红的眼睛好像刚刚哭过。

我就问小张："你哭过？"

小张点头后就说："我深爱的一个女人，她居住的那座城市发生了地震。"

我忙问："她是不是叫燕？"

小张的思想一下高度集中："对！你……"

"她是不是给你写过一个纸条？"

"对！"

"妈的！纸条怎么弄到我的书里？"我气愤地质问。

"哎呀！"小张一拍手，说，"我借过你的书。"

我一切的一切都明白了，我狠劲狠劲地揪住小张的前衣襟，吼道："你还我妻子！"

妻子真的没有归来。经官方确切消息，我妻子是这次地震死亡人数2427659人的遇难者之一。

妻子的遇难日期是：1976年7月28日。

乐 爷

乐爷不姓乐，乐爷姓王，名子烈。

但无人喊他王子烈，逢人打照面时，人们都叫他乐爷。

乐爷笑哈哈地应。

乐爷每天举手投足，说话办事都是慈眉善眼，笑模悠悠。从日出到日落，都是这样的神态，一副万事愁不住的样子，大家就叫了他乐爷。

乐爷是小城的厨师，掌勺的手艺在小城爆响有二十余年。

小城那些经常光顾酒楼的美食家们，只要议论起哪家酒楼厨师的手艺高时，就都一致举手推举乐爷，说乐爷该是小城当今主灶的一代名厨。

乐爷年轻时就师从一位手艺不凡的名厨，名厨后来因某些原因封勺归山。

名厨临走时，告诉乐爷：掌勺做菜，一讲腕功，二讲火功，三讲色、味、形。

这些乐爷都记住了，而且一直记在心里。

乐爷凭着记在心里的这些话，勤学苦练，终于在师傅离开的几年后，他的掌勺手艺就在同行中技高一筹了。

经乐爷亲手制出的菜，火候到位，色鲜、味纯、形美，人吃人夸。

乐爷有三儿一女，老伴去世早，他又当爹又当娘，即使这样，乐爷每天仍笑着一张脸，和人打哈说笑。

就有人说：乐爷不愧是乐爷呀！

乐爷听后，就调头“哼”的一声走开，那意思分明是不乐还哭呀！

乐爷的儿子老大、老二、老三都大学毕业分配了工作，并先后成家。现在只有最小的女儿还在大学读书。人都说乐爷家的那几个大学生，都是乐爷手里的那把大勺给供出来的。

乐爷听后就笑着脸点头。

毕业后的三个儿子，看着父亲的年岁一年比一年高，就常劝父亲，说：“爸爸，你那大勺就别端了，腰都累弯了。”

乐爷听后，笑着脸和三个儿子说：“这大勺我还得端，你们的妹妹还没毕业呢!”

三个儿子听后就都说：“爸爸，妹妹读书的钱我们拿。”

乐爷又笑了，说：“这钱你们拿是你们兄妹的情分，我拿是我的职责，因为我是父亲。”三个儿子见父亲这样坚决，就都不劝了，就由着父亲继续端他那大勺。

不久，乐爷的女儿大学毕业，并分配到一家大公司工作。

再不久，女儿处了男朋友。就在女儿要结婚的前一个月，有一天乐爷突然昏倒在他供职的那家酒楼的灶台边。

这一倒就再没起来。

在医院里，儿女们流着泪问乐爷想吃什么。

乐爷强打笑脸摆手摇头。

在乐爷临咽气时，乐爷拉着儿女的手，脸上第一次无了笑容，悲着脸对儿女们说：“我一生中最大的遗憾是，在酒楼耍了几十年的大勺，却没有真正很体面地坐在酒楼里吃过一次饭。如果有来生，我一定要穿戴整齐坐在酒楼里，好……好……”

话没说完，乐爷就咽气了。

儿女们伏在乐爷的身上，哭作一团。

我读我悟

汤　爷

汤爷年轻时叫汤大。

土改时，汤大是农会主席。汤大带着农民们分了本屯地主刘老虎家的田地后，就又把刘老虎和他的儿子刘小虎捆起来，押到屯西的大杨树下。

几声枪响，地主刘老虎倒在血泊之中，结束了自己罪恶的生命。

农民们一阵欢呼。

就在土改工作队员举枪要射向刘小虎时，汤大喊了一声："慢！"

工作队员就放下枪。

汤大说："刘小虎的罪行没他爹大，他不该毙。"土改工作队队长就依了汤大，没有毙刘小虎。

围观的人说："这个汤大真混，他八岁就进了刘老虎家打长工，吃没吃好，穿没穿上，叫刘老虎剥削了三十年，如今倒救起人家崽子的命来了。"

汤大听后，并不理会，只是命令农民们把刘小虎架回去。

刘小虎拣了一条命。当他知道是汤大救了他的命时，就来找汤大。见到汤大，刘小虎扑通跪下，说："多谢救命之恩！"

汤大坐在椅子上，挥挥手，说："什么恩不恩的，以后要听我的话，好好做人，接受改造！"

刘小虎一个劲点头，说："那一定，那一定。"

从此以后，刘小虎老老实实接受改造。汤大叫他干啥，他就干啥，叫他向东，他不敢向西。

屯里哪家有个事，跑道送信，只要汤大吩咐一声，刘小虎就乖乖地去……

成立生产队时，汤大当选上生产队长。汤大每天派工时，都把队里的最苦、最脏、最累的活分给刘小虎干。

刘小虎没有怨言，每次都把汤大分给他的这些最苦、最脏、最累的活，完成得干净利落。

汤大见后相当满意，就拍着刘小虎的肩，说："干得很好，就照这样接受改造吧。"

刘小虎又一个劲点头："那一定，那一定！"

…………

一晃，几十年过去，汤大上了年纪，我们开始叫他汤爷。

上了年纪的汤爷，闲在家里憋闷时，就派自己儿子把刘小虎唤来，叫刘小虎陪他唠嗑儿，给他捶背。

这时的刘小虎已是五十多岁的人了，但他在汤爷的面前，却像孩子一样地听话。

他心甘情愿给汤爷捶背，心甘情愿陪汤爷唠嗑。

汤爷的儿子见后，就有些难为情，说："爹，您以后别总支使刘小虎，这多不好。"

汤爷听后，说："有啥不好！我救他刘小虎两次命。土改时救一次，'文革'时救一次，我和他之间是有个人感情的。"

…………

汤爷八十岁那年的秋天，得了场重病，一病未起。生命弥留之际的最后一刻，刘小虎赶到汤爷的病床前。

刘小虎问汤爷："汤爷，有件事您必须告诉我，不然我死也不明白。您为什么救了我刘小虎两次命？"

汤爷对刘小虎的问话，好像早做了准备。刘小虎的话音刚落，汤爷就说："我救你是为了用你，懂吗？你爹用了我三十多年，我也用了你三十多年，咱们之间就算扯平了。"

话毕，汤爷就咽气了。

我读我悟

父亲的“情人”

二十年前，父亲和刘姨之间的那种关系，我很难说清。

二十年后，当长大的我以一种成熟思想来看待和理顺二十年前父亲和刘姨之间的那种关系时，我心里就很清楚地知道，刘姨是父亲的“情人”。

那时，我家在一个平原小镇上生活。

那时，我的年龄还小，刚刚七岁。

认识刘姨是在小镇夹板河边的沙滩上。那天，父亲领着我去他的同事家，回来时路过河边的那片沙滩。

沙滩的河边上，一个三十多岁的女人在那儿洗衣服。女人回头时，看到了正在沙滩上行走的父亲和我。女人的双眼里就有了一种很特别的亮光，嘴角也立即漾出一片笑来。

从女人回头看父亲和我的那一瞬间，我发现那女人是一个很美丽的女人。

女人体态丰腴，眼睛大大，脸色白白，白得如冬天的雪在阳光下泛着很好看的光泽。

父亲领着我向那女人走去。

近了那女人面前，父亲指着我，对那女人说：“这是我儿子小小。”

“小小，你好！”女人拉起我的一只手。

父亲对我说：“叫刘姨。”

我就叫了声刘姨。

刘姨便俯下身来，在我的脸上轻轻地吻了一下。

那一吻形成的芳香沁入心扉，叫我在很小时就很深刻地体验了除母亲之外的另一个女人给予的爱抚、温馨和幸福。

刘姨那温热的唇，叫我想起自己在家做错事时母亲的那双怒眼，以及母亲常用来打我的那个鸡毛掸。

想起这些时，我就想：妈妈像刘姨这样该有多好。

阳光照耀着的河水暖暖的……

回家时，父亲在路上告诉我：“见你刘姨的事，不要对你妈讲。”

我说：“爸爸，我知道。”

父亲听后笑了，笑得挺勉强，那笑的后面好像掩藏着某种令人无法言明的苦涩。

有一天，刘姨突然来到我家。

刘姨和母亲打过招呼后，就对父亲说“我前院的刘老头，这几天病好像加重了，我们送他到医院吧！”

父亲听后，抬头看看母亲。

母亲就说：“去吧，刘老头无儿无女的也怪可怜。”

父亲就和刘姨去了。

父亲和刘姨的相识，就是在刘老头的家里。刘老头是镇上无儿无女的孤老人。父亲常到刘老头家帮着买粮、买煤，刘姨常到刘老头家帮着缝缝洗洗，两颗善待他人的心在这里融合了。

后来，刘姨又到我家来过几次。

但是，每次都是刘姨走后，母亲就很凶地和父亲吵起来，吵架的理由当然都是因为刘姨。

对于爱的内涵，母亲不是很轻易地能够把握和理解。但母亲却知道父亲是她自己的山，而且还知道这座山对她的一生都很重要。

为了守住自己的这座山，母亲开始变得俗气、自私，变得心胸狭窄。

于是，我们的家庭开始有了一对凡俗夫妻的砍砍杀杀，冷面冷语。

我知道，这一切皆源于一个平凡女人心中的那座山哟。

父亲和母亲的结合是那种很简单的过程。

父亲的父亲到集市上买猪，母亲的父亲到集市上卖猪，两个人便认识了，母亲的父亲就把女儿许配给了我父亲。

买猪与卖猪之间，就能产生一桩彼此需要承担一生的婚姻，这是多么荒唐的事情！

我忘不了自己九岁那年夏天的心情。

那年夏天，父亲突然病故离我们而去。

父亲临终前，拉着我母亲的手，对母亲说：“我没有背叛过你。”

这是父亲留在这个世界上的最后一句话，这句话可以破译成父亲因没有亵渎母亲的爱，而对母亲做出的最真最诚的交代。

刘姨听到父亲的死讯后，急急地跑到我家，当看到停放在院内我父亲的遗体时，刘姨就与我母亲抱在一起放声大哭。

故乡小镇上空的天气阴阴的，和我们当时所有人的心情一样。

母亲和刘姨相拥着，在灰色的天空下哭了好久好久……

父亲、刘姨都是世上最善良的人，他们的心中有着人之初那种不加修饰的本真善良。

也是这种本真善良，使他们没有成为一对爱情的仇人。

最终，刘姨只是父亲精神上的“情人”。

我读我悟

网事

娟子的女儿今年考上大学，去南方读书了。

而丈夫的公司此时正是鼎盛时期，每天忙得不可开交，没空陪她。

娟子就成了一个闲人。

娟子闲得心里发慌，老觉着自己的心好像是被人剜走了一般，每天整个人显得飘飘渺渺，虚空无边。

闲得心里发慌的娟子就学会了上网。她听人说，网络的空间很大，色彩缤纷，无奇不有。

娟子给自己起了个网名叫“人到中年”，QQ 个人资料上填写的是自己的实际年龄 42 岁。

娟子在网上聊了几个夜晚之后，发现和自己聊的网友很少，有的是和她聊上几句就走人，有的是娟子主动搭话，对方也不理她。

思量了一阵之后，娟子知道了症结所在。娟子就三下五除二把自己的网名“人到中年”改成“小蜻蜓”，把年龄从 42 改成 32 岁。

这一招果然奏效，娟子再上网时，一些网友不请自来，都和娟子打招呼，弄得娟子有些应接不暇。

一天晚上，娟子在网上时，一个网名叫“老蝈蝈”的男人频频与她打招呼。

娟子迅速打开“老蝈蝈”的个人资料，看到对方的年龄是 45 岁。

娟子想：与自己的年龄相应，应该有共同的语言。

娟子就回应了一句：“老蝈蝈，您好!”

对方也马上回应：“小蜻蜓，认识您很高兴。你我属于同类，应该谈得来。”

娟子：“是的，认识您我也很高兴。”

对方立即发过来一朵绽放的红玫瑰。

娟子看后，心律加快，脸颊也漫过一片红晕……

从此，娟子每晚都和“老蝈蝈”像老朋友一样聊到深夜。

如果在网上一天遇不到“老蝈蝈”，娟子的心就慌慌的，甚至还生出一份对“老蝈蝈”的牵挂来。

一次在网上，“老蝈蝈”向娟子投石问路：“你一定很漂亮吧？”

娟子回应：“呵呵。”

这时的娟子，已经掌握了一些聊天的技巧，遇到这些敏感的话题时，她就在键盘上敲出两个字：“呵呵。”

“老蝈蝈”问：“您今年32岁？”

娟子：“呵呵。”

“老蝈蝈”又问：“你是个性格温顺的女人吧？”

娟子：“呵呵。”

一次，娟子生病了，打了几天的吊瓶，没有上网。病愈之后上网时，娟子发现自己的QQ窗口上，尽是“老蝈蝈”的留言：“我的小蜻蜓，你飞到哪里去了？怎么不见你上网了？有什么事了？我非常非常地牵挂你呀！”

娟子有些泪眼盈盈了。

娟子又接着往下看：“张爱玲在一篇文章中说：‘于千万人之中遇到你所要遇见的人，于千万年之中，时间在无涯的荒野里，没有早一步，也没有晚一步，刚巧遇到，那也没别的话可说，唯有轻轻地问一声：噢，你也在这里吗？’我很珍惜生命之中的这份缘，因此，无论如何我要见上你一面。我的手机号码是：1390xxxx888。千万给我打电话，等你！！！”

娟子犹豫了一会，终于拿起手机拨通了“老蝈蝈”的电话。

接通后，娟子说：“是我，小蜻蜓。”

“老蝈蝈”很惊讶：“是你呀，小蜻蜓！这些天飞哪儿去了？真叫我牵挂你呀！”

娟子：“我病了，刚好。”

“老蝈蝈”：“啊，那这样吧，今晚我请客，给你压惊！”

娟子：“不用了，挺破费的。”

“老蝈蝈”一副财大气粗地语气：“破费什么，区区几毛，不足挂齿。”

最后，娟子碍于情面，答应了“老蝈蝈”的邀请。

她们约定晚5点钟在市少年宫正门见面。

晚5点整，娟子准时赴约，但她没有见到“老蝈蝈”。5点过5分时，娟子的手机响了，当她刚要接听时，对方却挂断了。

来电显示是“老蝈蝈”的手机号，娟子拨了过去，对方已经关机。

娟子想不出为什么，就又站在原地等。等到了 6 点半，也未等来“老蝈蝈”。

娟子只好怏怏不乐地回了家。

回到家后的娟子对“老蝈蝈”的失约想了半天也没想出什么。

娟子从此再不上网了。

我读我悟

第三个人

丁一是在秋日正午的公共汽车上收到那条发错的短信。

当时丁一掏出手机正准备给妻子打电话，那条短信就发了过来。

丁一就查阅短信的内容：去郑州的机票不要买了。许娜。

丁一知道这是一条发错的短信，因为他不认识这个叫许娜的人，况且更没有叫许娜的人求过他帮买去郑州的机票。

丁一想了想，决定给这个叫许娜的人发一条短信，告诉她短信发错了，别误了事。

想此，丁一的手指就快速地在手机上弹跳着。很快，短信发了出去。

又很快，短信回了过来：你是个好人！许娜。

有人夸自己，丁一很高兴，便又回复短信：谢谢夸奖。我妻子决定嫁给我时也这么说，你是个好人！

不一会儿，短信铃声又响。这一次许娜发来的是一个带着笑脸的人头像。

第二天，丁一上班不久，就又接到了许娜发来的短信：昨天好险，要不是遇到你这个好人，你说人家把机票给我买了，我硬着脸皮也得要。吃一堑，长一智，以后有重要的事情，一定要亲自打电话。

丁一立即回复许娜：一个人做好事并不难，难的是一辈子。

整个一上午，丁一和许娜都在互发着短信。

通过短信，丁一了解了许娜的一些情况。许娜，女性，已婚，年龄和他相近。令丁一高兴的是，许娜和他生活在同一座城市。

从此，丁一和许娜成为一对手机短信的聊友。

他们每天都要给对方发出十几条短信。短信内容不一，由刚开始的彼此问好、祝福，到后来的笑话、智力测验甚至是思念。

一条条短信就这样在这座城的上空，如鸟儿一样飞来飞去。凭感觉，丁一知道他和许娜之间的感情，通过时空的传递，在一天天加深着，加厚着。

一天，丁一和妻子一起出去办事。坐在车上时，许娜又给他发来短信：朋友是身边那份充实，是忍不住时刻想拨的号码；是深夜长坐的那杯清茶，是悠闲时最想见的身影；是忙碌时也不忘的牵挂。丁一看完短信，又看了一眼坐在身边的妻子，身子有意识地挪动了一下，便快速地给许娜回复了两个字：不便。

妻子很敏感，问他："给谁发短信？怎么还躲躲闪闪？"

丁一回答说："一个外地的同学，问我最近如何，我说还好。"

妻子说："可别做鬼事，让我知道绝不饶恕。"

听完妻子的话，丁一说："哪能做鬼事，我是那种做鬼事的人吗！"

接下来的日子，许娜发给丁一的短信更加频繁。

丁一仿佛走进了玫瑰梦园，每天都一脸的陶醉模样。确切一些说，丁一是陶醉在来自自己婚姻之外的另一种激情。

许娜总有发不完的短信，且丰富多彩：有一道题据说能测一生：1~9任意选一数字，加上3再减2，乘以9，此时将答案的个位与十位数相加，再乘50，最后减200，得出的结果就暗示你的一生了。

丁一看完短信，立即拿笔测算，但无论以何种方式测算，最终得出的结果都是二百五。

丁一哈哈大笑，他知道自己被许娜给耍弄了。

丁一想难为一下许娜，便从手机已存的短信中，选出一道他认为很难的题，发给许娜：什么动物早上用四条腿行走，中午用两条腿行走，晚上用三条腿行走？

许娜回了短信。令丁一惊叹的是，他不但没有难为住许娜，许娜在短信中还向他提出了问题，而这个问题又恰恰是丁一认为的那个难题的答案。

许娜是这样回的短信：我问你，小时候是几条腿？长大了是几条腿？年老时是几条腿？呵呵……

丁一有一种无地自容的感觉，但还是给许娜回了短信：你真厉害！这个题刚出来时，世界上只有一个人猜出来了，他是希腊的一个名叫俄狄浦斯的人。

…………

短信如两个人拉锯，你来我往，从秋到冬。

一个落雪的午后，丁一突然产生很强烈的欲望，他想要见一见许娜。

于是，丁一给许娜发出短信，第一次要求和许娜见面。

许娜不想见面，但最终没有抵住丁一的热情相邀，同意了见面。

傍晚，大雪还在飘飞，丁一头顶雪花站在约会的地点等待着许娜的到来。

雪花飞舞中，有一个女人向丁一走来。

女人走近了，丁一怎么都不会想到，这个披着一身风雪的人，竟会是妻子。

那一刻，丁一的大脑一片空白。

妻子说："我在和同事打赌，说我的丈夫一生不会背叛我的，但我输了！"

丁一再次感觉到自己无地自容了。

不日，妻子以丁一婚姻过错方为由，到法院起诉离婚。

又不日，离婚后的丁一前妻就嫁给了她高中时的同学了。

我读我悟

欲　望

于官是我初中时的同学。

想来，大约已有五、六年没有见到于官了。

这次回故乡明县能见到于官也是很不容易的事情。

那天中午，在县城做生意的同学高伟做东请我。在“大肥驴酒店”的一个很大的包厢坐下后，高伟便拿出手机，把在县城里的同学该联系的都联系到了。不一会儿的工夫，有七、八位同学便都赶到了酒店。

我和同学们一一握手后，高伟便开始点菜。高伟点了一桌“驴”菜，什么驴鞭、驴尾、驴板肠、驴心、驴肺、驴腰子……总之，凡是驴身上能吃的，高伟都点到了。

菜上了之后，高伟开始给各位同学斟酒，然后开始讲话：“同学们，我今天安排了一桌便餐，欢迎同学老炳荣归故里，希望大家能陪他吃好，喝好。”

话毕，同学们鼓起掌来。

面对同学们的这种热情，我的双眼有些潮湿。我急忙起身，拱手道：“谢谢高伟，谢谢同学们!”

之后，大家便开始一杯杯地喝酒。喝着，喝着，就都唠起了各自的家庭生活。聊兴正浓时，女同学于美丽突然把头埋在桌子上，嘤嘤地哭了起来。另一女同学赵雯莉急忙扶于美丽的额头，问：“美丽，你是不是喝多了?”

于美丽抬起头，擦了一下泪眼，说：“我没有喝多，只是大家谈起家庭生活，我就特感委屈。”

顿时，包厢内一阵静寂，间或还有同学们惊讶的声音。

于美丽接着说：“我今生唯一的遗憾就是当初不该把婚姻让父母做主。那时年小，父母说啥信啥，让我嫁给武装部长的儿子就嫁了。”

赵雯莉插话说：“你家老刘不挺好的吗！多老实呀，什么都听你的，别不知足。”

于美丽苦笑了一下，说：“是挺老实，老实得一杠子压不出一个屁来。话不会说，事不会办，家里家外的事都得我去跑，有时还遇到花心男人的纠缠。这些年我是身心俱疲呀！你们说，这年头过日子家里没个硬实的男人行吗？早知这样，当初我还真的不如嫁给于官了。”

说到于官，我才想起于官怎么没有来。

就问高伟：“你通知于官了吗?”

高伟说：“通知了。老炳你不知道吧，于官升官了，是咱们县的政府办大主任，现在找他吃饭可难了。刚才和他通话时，他说光中午就有两个饭局需要他陪，都是上边来检查指导工作的。他说晚来一会儿。”

读初中时，于官是我们班（甚至全校）有名的差等生，初中没有读完就因为偷窥女厕被学校劝退了。当时，于美丽是我们班最漂亮的女生，有不少男同学追她，于官追得最凶，每天都要给于美丽递上一张写有“我爱你”的纸条，但都被于美丽撕得粉碎，然后在校园内伸手一扬，爱便在风中飘逝了。

后来，于美丽高考落榜后，于官又追了一阵子于美丽，但又都被于美丽回绝了。

再后来，于美丽就嫁给了县武装部长的儿子。据说，于美丽出嫁的那天，于官在一家小酒馆里喝了一天的酒，喝得酩酊大醉，嘴里还叨咕道：“我一定要出人头地，让于美丽后悔!”

于美丽还在忧伤着。赵雯丽就端起酒杯，劝道：“婚姻是要讲缘分的，不是不如嫁给谁的问题，你明白吗？来，别扫大家的兴，老炳回来一次不容易，咱们喝酒吧!”

于美丽勉强地笑了一下，说声对不起，然后端起杯和大家喝酒。

不一会，于官拎着两瓶酒走了进来。

落座后，于官启开那两瓶五粮液，给同学们斟酒。斟到于美丽和赵雯丽她俩时，她俩执意要喝啤酒，于官就依了她们。

斟后，于官端起酒杯，讲道：“酒是情，鱼是义，同学是生产力，更是人民币！来，感谢老炳回来看望我们，大家碰一杯!”

啤酒，二两一杯的白酒，都一饮而尽。

接下来，每位同学又都各自倡议一杯。

再次轮到于官时，他说：“我倡议的这杯酒，是祝愿亲爱的同学们都能前程似锦。关于我个人，先向大家透露一点消息，年底县里调整班子时，我有可能被调到副县长的位置上。”

听罢，同学们鼓掌以示祝贺。

于官又说：“其实做官并不难，比如我，没有感到太费力，就走到了今天的这个位子上。”

说完，于官瞥了一眼于美丽。

我发现于美丽很迅速地低下头。

于官一仰脖，又是二两进了肚里。

于官的脸色渐渐变得越来越红。他看了我一眼，把头扭向身后咳嗽了几声。待把头转过来时，我发现于官的双眼内盈满了一汪泪水。

我就想，于官的仕途之路肯定不是像他自己所讲述的那样，什么没费力呀就走到今天的这个位置上。

虚荣心作怪，他的话是讲给于美丽听的。

于官把做官的所有苦衷都深藏在那汪泪水的背后了。

大家仍在频频举杯、碰杯。不一会儿，我就支撑不住了，感到大脑迷迷糊糊，视线也变得模糊起来。

一个个人影在我面前晃动。我好像看到于官和于美丽抱在一起跳着舞……

后来我就趴在桌子上睡着了，对于那天晚上发生的一切，我彻底地失去了记忆。

翌日，我带着酒后疲惫的身子返回了省城。

大约一个月以后的一天上午，我在办公室写作一篇小说时，接到了明县同学高伟的电话。

高伟在电话里很急切地告诉我：“老炳，告诉你一个不好的消息，于官昨晚出事了。”

我忙问：“出什么事了?”

高伟说：“于官在于美丽家的床上时，被于美丽的老公给撞上了。她老公好像早有准备，从怀里掏出菜刀就把于官和于美丽给剁了。”

我听后大惊，问道：“那他俩都死了?”

高伟电话里的声音低下来，说：“可不，都死了，尸体已经放在太平间了。”

放下电话，我心里一阵阵绞痛起来。那种疼痛感一直持续到今天。

冯大吹

冯大吹有四十多岁的样子，是从开封府来到苇子沟的。

来时，带着老婆和两个孩子。在苇子沟住了几年后，冯大吹的那个高大女人，又给他生下三个孩子。

五个孩子加上冯大吹和老婆就是七口之家了。

于是，日子就显得极其艰难起来。

冯大吹好像很不在乎日子的艰难，每天晚饭后，仍有闲心去“二子茶铺”里闲聊神吹。

冯大吹有嘴茬子功夫，坐在茶铺胡编胡吹几个时辰，编和吹出的东西也不会重样的。

苇子沟的人知道他说的话净是瞎吹，但也愿意到茶铺来听他神吹瞎侃，为此给“二子茶铺”招徕了不少茶客，二子就给冯大吹每晚的茶费免了。

冯大吹来得就更勤，吹得也就更来劲了。

冯大吹给人家吹他年轻时的事。他说自己二十岁时，二百来斤重的大麻袋，扛上肩就能走上三十里路都不用歇气儿。还说他在老家，一个人赤手空拳打死过老虎。

大伙知道他把武松打虎的事硬往自己身上贴，就捧着肚子笑。

冯大吹见大伙笑，就说：“莫笑，还有比打死老虎更神的事情呢！那时俺在老家，有一天，一只羽毛鲜艳美丽的大鸟从我家门前飞过。恰巧被我家孩子见着了，孩子就哭着吵着和我要那只美丽的大鸟，没法，为了哄孩子不哭，我就豁出力气去追那只大鸟。”

说至此，冯大吹不讲了。

大伙急着说：“快讲，到底追上那只鸟没有？”

冯大吹点着一支烟，吸了一口，又看看众人说：“那只大鸟硬是叫我给追

得活活累死了。”

大伙听后，发出一阵叹气之声。

冯大吹给苇子沟“裕生堂”的陈爷跑差，所谓的跑差，就是给陈爷跑腿学舌。跑好了，事情办成了，多得点赏金，跑不好，事情办不成，陈爷顶多责备几句也就罢了。

这样的差事冯大吹倒是蛮愿干，因为他凭着自己的三寸不烂之舌，事情十有八九都能办成。

冯大吹有时看陈爷脸色好时，就和陈爷说：“陈爷，你的这几间房子算个啥东西！俺老家开封府的乡下，还有俺十间大瓦房呢！那才叫房子呢。门脸全是用上好的木料雕刻的龙和凤。”

陈爷听后甚惊，后又疑惑地问：“这事情是真的？”

冯大吹说：“骗你干啥，你又不能抢了俺的大瓦房。”

陈爷就不问了。

后来，苇子沟的人问起这事时，他还和人拍着胸脯子，说：“俺老家的那十间大瓦房，在你们这是找不到的，那才叫真正的房子。”

说到这，冯大吹的眉头皱起来，双眼凝视不动，神思好像沉浸在对房子的回忆之中。

后来，也不知怎么搞的，冯大吹突然得了肺病。

得了肺病的冯大吹，辞了“裕生堂”的差事，在家养病。

初得病时，冯大吹只是不住声地咳嗽。后来就开始咳血，那血挺黏稠，黑色的。

冯大吹的高大女人，每天就一个劲地哭。

冯大吹就说：“哭有啥用，我死后你可要找个好人嫁呀！”

高大女人就搂着冯大吹的脖子，哽咽着说：“俺不嫁。俺领着孩子们过。”

苇子沟的一些人，自发性地凑了点粮食给冯大吹送来，顺便也看看冯大吹的病情。

冯大吹见此情景，不无感动地对大伙说：“平时和大家说的那些话都是瞎扯，过着苦日子，不扯干啥去？扯扯也宽心呀！”

停了停又说：“其实，俺老家没什么十间大瓦房。”

冯大吹从来到苇子沟后，十几年中，就说了这么几句真话。

红色毛衣外套

这几天，老柳总是愁闷闷的。

女儿发现后，便问低头的父亲："爸爸，这几天您为什么总闷闷不乐呀？"

"其实，也没太大的事，就是……这几天爸爸的心情不太好。"

女儿就不问了。

这时女儿又发现妈妈也是愁闷闷的。

女儿就又问妈妈。

妈妈神情好像很疲惫："有些事情，做父母的是不想让你知道的。"

女儿就又不问了。

但女儿感觉到，这几天爸爸和妈妈之间一定发生了什么事。

一天，老柳的女儿正在工作，突然接到父亲打来的电话。

电话的声音很闷："孩子，快回来，你妈自杀了。"

奔到家后的女儿，看到的只是母亲那僵硬的身体。

女儿就伏在母亲的身上，哭个不停。

哭后，女儿突然像想起什么，猛然抓住父亲，然后一阵拳头砸在他身上。

女儿哭着说："是你害死妈妈的！"

老柳听后，拍拍女儿的肩，说："孩子，你妈的死与我无关，她是喝了剧毒农药而死的，信不信由你。"

女儿停止捶打的拳头，哭着跑向自己的卧室……

这以后不久，也就是老柳的妻子死后不到百天，老柳竟从商店买回一件红色毛衣外套，穿在自己的身上。

女儿见后，就很气愤地质问父亲，说："爸爸，我今天更坚信妈妈是你害死的了，杀害的原因是你不爱妈妈了。不然，妈妈死后这么短的时间，你不会自己打扮自己的。爸爸，你不觉着穿这件红色毛衣外套，太对不起我妈妈了吗?”

老柳把头低得很低。

不一会，老柳好像下了很大的决心，抬头对女儿说：“孩子，有些事我根本不想让你知道，但是如果再不告诉你，我恐怕要永远失去我唯一的女儿。”

女儿很认真地听着。

老柳说：“孩子，你根本不了解你爸爸。爸爸把这一生的情感都给了你妈妈，可……你妈妈她背叛了我。”

女儿听后猛然站起，对父亲说：“你不要骗我，我相信妈妈不是那种轻浮的女人!”

老柳从抽屉里拿出一张纸，说：“这是你妈妈留给你的遗书。”

女儿接过来，见上面写着：

孩子，等你见到这封信时，妈妈已不在人世了。

孩子，你知道妈妈是一个很爱洁净的人，而你爸爸恰恰是一个不讲卫生的人。为此，我苦闷了一生。

我总想改变你爸爸，可是，种种努力都失败了，你爸爸依然是一个不会打扮自己的邋遢鬼。

后来，我认识了一位和我一样非常爱洁净的男人，他很会打扮自己。

因为谈得来，我们就经常接触，都有相识恨晚之感。后来，我就和那个男人发生了那种事，而这事恰恰又被你爸爸撞见了。

事后想想，觉得对不起你爸爸，所以，我只好选择死，向你爸爸赎罪。

妈妈绝笔

老柳的女儿看完遗书后，扑在爸爸的怀里，说：“爸爸，我错怪了你!”

老柳抚摸着女儿的一头长发，说：“孩子，爸爸是想叫你妈妈泉下有知，一个人是有能力改变自己身上的缺点的。可惜我这个邋遢的缺点改变得太晚了!”

说完，老柳泪流满面地脱下了那件红色毛衣外套。

后来，老柳的女儿再也没见到父亲穿过那件红色毛衣外套。

我读我悟

过程与结局

我是一个作家，每天都能收到许多读者来信。因此，在我每天的生活中，经常发生着各种不同的故事。

这个故事是从春天开始的。

在一个春光明媚的日子里，我收到了一封几千里以外的一位读者来信。

尊敬的作家：

我想自杀，请问用什么方式最好？

您的忠实读者：陆小娅

阅完信，一种焦急油然而生，我便来到电信局，给这位叫陆小娅的读者发了一份加急电报。

陆小娅朋友：

自杀是一件很快乐的事情，至于用什么样的方式，容我信中细告，请等我的信。

发完电报，回到书房，我便给这位叫陆小娅的朋友写了一封长信。

信中我举出活着是很美丽的若干事例，最后劝她放弃自杀的念头，重新鼓起勇气，热爱生命，热爱大自然。并说有什么困难，我可以帮助。

信发出去以后，我便开始用手指数着日子盼陆小娅回信。

不久，陆小娅就回了我一封信。

信的内容大致是接受我热情、善良的规劝，决定放弃轻生的念头，从今以后好好地活着。

看完陆小娅的信，面对春天的阳光，我心里轻松愉快起来。

从这以后，我和陆小娅开始有了结识的过程。当然这种结识的过程是很简单的，无非是不见面的那种通信往来。

在后来的交往中，陆小娅给我寄来了她的相片。从相片上看，陆小娅是那种挺精明漂亮的女人。

陆小娅在信中还告诉我，她的丈夫是一位常年在外奔波的地质队员，她已经学会了忍受孤独……

就在这年夏天开始的时候，我有了一个到陆小娅居住的那个城市出差的机会。

到达这个城市之后，我安排好旅馆，便按着陆小娅在信中告诉我的地址，找到陆小娅的家。

当我敲开陆小娅的门，并作了一番自我介绍后，我发现陆小娅那双美丽的大眼睛闪过一丝惊异。

片刻的惊异后，陆小娅问我，怎么不事先告诉我你要来？

我说我是故意要制造一种惊异的效果。

陆小娅听后笑了。

陆小娅在家里备了一桌丰盛的晚餐招待我。

我说，小娅，我们都应该好好地活着，活着是一种美丽。来，干杯！

小娅就举起杯和我一饮而尽。

喝过几杯酒后，我发现小娅的脸色有些绯红了。不一会儿，又泪眼盈盈的了。

这时的小娅站起来，放了一首曲子《莫斯科郊外的晚上》。

我跟着这首曲子轻声哼唱着："……我的心上人坐在我身旁，为何默默不声响……"

说不清是从什么时候开始，小娅已倚在我的胸前，和我一起唱起来。

我们在这首抒情、缓慢的小夜曲中，感受着音乐的美好。

音乐过后，我突然意识到什么，就轻轻地把小娅从我的胸前推开。

我说，小娅，我们都是有家庭的人，都应该有一种为人妻、为人夫的责任感。

小娅不作声，我开始告辞。小娅一脸恳求的神色说，在这住下吧！

我摇摇头。

这时的小娅已经热泪盈眶了。

当我办完公事，要告别小娅居住的这个城市时，我的眼前突然出现小娅那张惆怅、孤独的面孔，觉得有点放不下心来，便带着和小娅同住一个城市、我的一个相交不错的男性朋友陈伟，再次来到小娅的家。

我告诉小娅，以后有事需要帮助，可找陈伟，因为你们都在一个城市。小娅当时挺感动地点点头。

从小娅居住的那个城市回来后，我和小娅依然通信往来。小娅在信中告诉我，她很感谢我委托陈伟照顾她。

渐渐地，小娅的信来得少了。后来，就干脆收不到她的来信了。

我心生疑惑，怕小娅再生自杀的念头，就写信询问，但没有收到小娅的回信。

当这年的夏天结束，秋天开始的时候，我再次来到小娅居住的这个城市出差。

我先来到陈伟的家，想问一下小娅的近况。

当我敲开陈伟的家门时，我惊呆了，开门的竟是小娅。

见我惊异，小娅说，不管你能不能接受我给你制造的这种惊异效果，反正我现在已是陈伟真正名分上的妻子了。

我说，结局怎么会是这样？

小娅说，是呀，过程其实很简单，你只是介绍陈伟认识了我，可结局却是出乎你意料之外的复杂了。

我没语，很气愤地甩门走出陈伟的家。

于是，这个从春天开始的故事，在秋天就结束了。

我读我悟

感动

中年男人到达这个城市的时候是中午。

中年男人在旅馆办理完住宿手续后，正好是中午 12 点。

中年男人走向旅馆一楼前厅的电话机前，对看电话的一个中年女人说：“我挂一个长途。”

中年女人点点头。

中年男人便抓起放在服务台上的电话稍停一下便开始拨号。

很快，电话通了。

由于不在电话间，男人讲的话看电话的中年女人听得很真切。

中年男人说“我好想你。我一定争取早办完事回去。”

说完这些话后。中年男人开始对着话筒点头，听对方说话。

不一会儿。中年男人开始讲话。

中年男人说：“喂，一定要听我的话，注意保护自己的身体，医生给开的药一定要按时吃……”

中年男人挂断电话，付完电话费后回自己的房间去了。

这个中年男人在这家旅馆住了五天，在这五天之中，中年男人每天中午 12 点左右都要挂一次这样的电话。

第五天的中午，看电话的中年女人发现电话机旁的中年男人很兴奋。中年男人对着话筒喊：“喂，喂，喂，告诉你一个好消息，这里的事我终于办完了。明天我离开这里，后天就能到家了。喂，你今天的身体情况怎么样？……很好我就放心了，吻你！”

中年男人付完电话费后，刚要走，看电话的中年女人叫住了他。

中年男人问：“怎么，电话费错了？”

中年女人摇摇头，说：“不是那个意思。先生，我是想问你，你每天的电话都是打给你太太的吗?”

中年男人点点头，说：“是的。我是单位的采购员，每天都奔走在外，太太的身体又不好，没法子呀!”

中年女人听后，带着一脸羡慕的神色说：“你太太真有福气，祝你们幸福常在!”

中年男人说声“谢谢”就走了。

中年男人走后，看电话的中年女人开始在心里恨起自己那个也是采购员的丈夫来，丈夫每年也几乎是常年在外，而自己又守着电话机，却一次也接不到丈夫打来的电话。想到这，中年女人骂了丈夫一句：这个没心没肺没肝的蠢猪!

骂后，中年女人又为那个中年男人对自己的太太那样知疼知热感动得落泪了。

其实，中年男人对看电话的中年女人说的话是谎言。

中年男人每天打的电话都是打给他的情人的。

我读我悟

一个叫阿萍的女人

一个叫阿萍的女人，总伤心自己找了一个老实的男人。

阿萍的丈夫的确是一个很本分很老实的男人。

用阿萍的话说：“俺男人就有个傻力气，剩下的啥也不是！”

阿萍的丈夫也确实这样，每天家里家外只知道埋头做活，其余的大事小事都得由阿萍料理。孩子入托，换各种证件，办家庭和私人保险，邻里往来，同事之间的交往等一些事情，都是由阿萍来办。

有时，阿萍在忙完一天的事情后，就很疲惫地坐在自家的沙发里，长叹一声后，心里就不免涌出一种说不清的酸楚。

酸楚过后，就有泪在眼里，但没有流出来。

阿萍很羡慕别人家的女人。

那真叫女人，穿金戴银，大事小事不用操心。

羡慕别人家女人时，阿萍的内心就充满了妒意。充满妒意后的阿萍，就开始和丈夫没完没了地吵。

阿萍骂丈夫：“你是大笨熊，大傻瓜，傻狍子！”

骂到最后，连是大灰狼都给骂出来了。

这时，丈夫就嘿嘿地笑。

阿萍见丈夫只笑不说，就更气了，又骂：“你呀简直是白活！”

丈夫又嘿嘿地笑。

没法，阿萍最后也气得跟着咯咯地笑起来。

阿萍和丈夫婚后始终没有分到公房。

一次单位分房，阿萍就和丈夫商量说：“明天我买点礼品，你给房管科长送去行不？”

丈夫听后没言语。

阿萍就又说："这礼你送最合适，我一个女人拿礼品求男人办事，总觉得不方便，是不？"

丈夫想想终于点头。

这日晚，天色漆黑时，阿萍的丈夫拎着礼品到房管科长家去。

到房管科长家的门前，阿萍的丈夫几次想敲门，但终未敲响一下。每当伸手要敲门时，阿萍丈夫的心就跳个不停，跳个不停就想，进屋后这话得怎么说？

终没想出这话得怎么说，脑门上还急出了汗……

最后，阿萍的丈夫把礼品又拎了回来。

阿萍气得一个劲地哭，哭着时，阿萍说："找你这个大活人，真是没有用啊！你不如早死，早死我早幸福！"

也许是巧合，就在阿萍骂完丈夫的第二天，阿萍的丈夫在单位里公亡了。

出殡这天，阿萍扑在丈夫的尸体上，哭得死去活来……

阿萍的丈夫死后，阿萍逢人就怅然万分地说："唉，没用的男人站着好歹也算个家，倒下了，这个家就不叫家了。"

有时，阿萍在班上，坐在一个地方想得出神时，班里的刘二就走过来，逗阿萍说："一个窝囊得没用的男人，想他有何用？还不如想想老弟我呢！"

刘二的话音刚落，阿萍就霍地站起，狠狠地甩了刘二两个嘴巴。

刘二被打得愣在那里。

阿萍指着刘二气愤地说："跟俺开什么样的玩笑都中，就不行糟蹋俺男人。"

说完，这个叫阿萍的女人，在灰黄如水的阳光里，呜呜地哭着跑向小镇的南山。

阿萍丈夫的茔地在小镇的南山。

我读我悟

小曼

小曼长得很漂亮。

小曼还是个性格温和的女人。

结婚几年，从未和丈夫红过脸吵过嘴。遇到丈夫有不顺心的事，和她动怒时，她也不恼，还赔着笑说丈夫：“这点事也值得发脾气?”

丈夫果真不怒了，拉过小曼，拥进怀里，说：“小曼，你真像个小孩子。”

说完，站起来就进厨房做活去了……

小曼的丈夫在单位里，经常在同事面前夸：“我家小曼是典型的贤妻良母，天下最好的女人!”

其实，小曼的丈夫不用夸奖，单位的同事们也都知道小曼是一个好女人，因为单位的同事们见过小曼。

小曼的丈夫是建筑工程师，每年的夏天都有到外驻地施工的任务。

一去，就是整个夏天。

这年的夏天，小曼的丈夫又要到离家很远的一个小城去施工。临行的前夜，丈夫拥着小曼，说：“我每次走，最叫我放心不下的就是你。”

小曼很柔情，纤细的双手抚摸着丈夫的前胸，说：“你放心走吧，什么事情都不会发生。”

丈夫想想，说：“不怕一万，就怕万一。”

翌日，小曼的丈夫走了，是带着一脸的无奈，恋恋不舍地一步一回头地望着小曼走的。

小曼被丈夫望得心头热热的，泪水顺着面颊往下流……

小曼的丈夫走后两个月的一天傍晚，小曼正躺在床上想着一些什么事情时，门被敲响了。

小曼问是谁，敲门者答话后，小曼听出是丈夫单位的一个人。

小曼开了门，那个人进了屋。

小曼问："你不也去外地施工了吗？什么时候回来的?"

那个人说："昨天。回来办些事，明天就走，顺便来看一看你有什么东西捎给你丈夫。"

小曼说："没什么东西，他在那儿不是很好吗?"

那个人说："一切都挺好的。"

回答之后，那个人的一双眼睛如同钉在了小曼的脸上。

小曼被看得很不好意思地低下了头。那个男人说："小曼，你真漂亮。"

说着那个人就过来抓小曼的手。

小曼死死地挣扎，像战士一样不惜牺牲生命捍卫着自己神圣的领地。

最后，那个人被小曼抓伤了脸，咬破了鼻子。

那个人看自己不能得逞，便弃门而逃。

那个人在弃门而逃时，还恶狠狠地抛给小曼一句话："你男人在那边也搞女人!"

小曼也恶狠狠地还一句："我愿意!"

然后，小曼就哭起来。就在小曼哭着时，在遥远异地的那座小城，小曼的丈夫正和一个女人亲密地缠绵着。

这些，小曼是无法知道的，恐怕小曼这一生也是无法知道的呀!

小曼。

我读我悟

人 心

那时正逢战事，A 和 B 同在国军某团从军。

A 和 B 都是国军某团的少校军官，两人又是相交甚笃的好朋友。

A 和 B 做事干练沉稳，善思善辩，老道成熟，计谋过人。

A 和 B 如此不凡，深得团长的赏识。

团长有一女儿，名叫小倩，年方十八，容貌娇美。团长有意在 A、B 军官中择一女婿，做女儿的终生依托之人。

择来择去，团长选中 A 军官做自己未来的女婿。

这样，A 军官就自然成了团长家的常客。

这时，B 军官的心里就感到失落落的很虚空，总呆坐在一个地方阴沉着脸抽烟，想事。

一想，想好久。

一天晚上，B 军官邀 A 军官喝酒，A 军官拒绝说：“对不起，今晚和小倩约好了，陪她去散步。”

B 军官就未强求。A 军官去了。

望着 A 军官远去的背影，B 军官掐灭手里的烟头……

A 军官陪着小倩走在一条幽静的小路上。

正走着时，小路旁侧的树林里，冲出一蒙面持刀人。

未等 A 军官反应过来，蒙面人已从 A 军官的身后，用胳臂揽住 A 军官的脖子，刀抵在 A 军官的胸前。

小倩目睹此景，在一旁吓得颤抖不停。

蒙面人指着小倩问 A 军官：“我是劫色不劫财，你是要命，还是要她？”

A 军官说：“当然要命。”

蒙面人问：“那她就归我了吧？”

A 军官点点头。

蒙面人又对小倩说："小姐，你的朋友为了保命，而舍弃你，那就别怪我不客气了。"

蒙面人说完，把 A 军官一下推到了小倩面前，就动作敏捷地闪进树林，跑得无影无踪。

A 军官掩饰着惶恐，扶住小倩说："小倩，刚才我们是虚惊一场，现在没事了，我们走吧！"小倩怒目圆睁，甩给 A 军官一个嘴巴，说："伪君子！"

说完，就径自走了。

小倩和 A 军官分手了。

后来，B 军官就顺理成章地成了团长女儿小倩的男朋友。

一天夜晚，B 军官陪小倩也是在那条幽静的小路上散步。

走着走着，B 军官也遭到蒙面持刀人的拦劫。蒙面人也指着小倩问 B 军官："我是劫色不劫财，你是要命，还是要她？"

B 军官没有马上回答，但看到胸前的刀子时，就没有犹豫地说："我要命。"

小倩在一旁听后，大声喊起来："天呀，我怎么净遇上软骨头的男人呢！"

说完，就疯了般地向前跑去。

蒙面人和 B 军官一时都呆愣在那儿。

不一会儿，蒙面人也敏捷地闪进树林跑远了。

几十年过后，在一次当年投诚起义将士参加的聚会上，已成为 A 老人和 B 老人的他和他相逢了。

A 老人和 B 老人的两双手紧握在一起。

回忆往事，A 老人和 B 老人都感慨万分。

A 老人说："当时，你我都不该雇用蒙面人，搅乱对方的好事呀！"

B 老人说："这事主要怪我。"

A 老人说："这事谁也不怪，要怪就怪当时我们不应该是好朋友。"

B 老人点着头。

A 老人就又说："好朋友之间往往就是这样，你有我也该有，我得不到的，你也别想得到，这就是人心呀！"

B 老人想想后，就点头称是了。

星期五博客

困围

伟去省城出差。列车的车厢里，坐在茶桌对面的那个人令伟感到无比惊奇。

惊奇的原因是，那个人长得太像伟了：鼻子、眼睛、嘴、脸型，甚至发型都一模一样。换句话说：他简直就是伟的化身。

太不可思议了！伟随着列车的颠簸，细细地看对面的那个人。

这时，对面的那个人恰巧抬起头，看到了伟，这个人也感到了无比的惊奇。很显然，这个人也发现伟长得特别像自己。

双方一阵惊奇之后，伟先开口问那个人：

“老兄，你叫什么名字，在哪儿工作?”

那个人说他叫强，在本省某大学供职。

伟听后，想：净往高的上摸。还在大学供职呢，看样子顶多是个推销员。

那个叫强的人就反问伟叫什么名字，在什么单位工作。

伟说自己叫伟，在外省某大学供职。

强听完，想：这个叫伟的人，与自己素昧平生，和自己长得一模一样，居然也是从事教育工作的，真是不可思议！

伟又问道：“你老兄是什么学位?”

强说：“博士。”

强又问伟：“你呢?”

伟说：“博士后。”

强说：“噢！佩服，佩服!”

伟递给强一支烟，两人都燃着。

烟雾中，强看着伟。从伟的谈吐举止中，强怎么也看不出他的斯文来。

强就又对伟说：“我虽然只是博士，但我爱人是博士后。”

伟说："我爱人虽不是博士后，却经常出国讲学。"

强说："我爱人虽然没有出过国讲学，但撰写的论文曾获过国际金奖。"

伟听后，吸了一口烟后，说："我女儿也上大学了。"

强说："我女儿在国外攻读硕士学位呢！"

伟说："真看不出来你老兄好有福气呀！"

强说："你的福气也不薄呀！"

说完两人一阵大笑。

笑毕，伟说："你我有缘，长得这么相像，看在我们的缘分上，将来我若有成为伟人的那一天，就请你做我的特型演员吧！"

强说："但愿如此，假如我先你一步成为伟人，你是不是该做我的特型演员呢？"

伟说："那是，那是。"

两人又是一阵大笑。笑声中，列车到了终点。

走出站台后，伟很费神地想：刚才那个叫强的人就是我自己吧？

此时的强也在这样想。

我读我悟

恶　疾

福山在江上捕鱼时，捕到一条很怪的鱼。

这条鱼并不大，足有二斤那么重。这怪鱼的头尾极小，而腰身却粗壮肥硕。再则，鱼的周身布满稠性很强的白毛，冷眼看去，看不出是鱼，倒像是一种带毛的小动物在摆头摇尾。

福山是捕鱼的后生，初步捕鱼之道，难以辨认出这是什么鱼。于是，福山就请来镇上的汤爷，叫汤爷来给明辨。

汤爷是镇上的捕鱼高手，很受大家的敬重。汤爷大半生都是以捕鱼为生，见多识广，在鱼上面的学问可大着呢。

汤爷来后，蹲在圆形的木盆前，细细地观看装在木盆里的这条怪鱼。

汤爷一只手在木盆的水中搅动了几下，那鱼便用尾将水弄得噼啪作响。

汤爷站起身，用毛巾揩一下手后，对福山说："这鱼叫黄哈鱼，属罕见之鱼，珍贵之物，几十年也捕不到这样一条鱼。"

福山听后，面露惊奇。

汤爷又说："这鱼我还是在二十年前捕到过一条，后来再也没有见过。"

说着，汤爷的神思就好像沉浸在一种遥远的回忆之中了。

汤爷说："此鱼珍贵之处在于，腹中藏有鱼黄，鱼黄与牛黄有同等之功，祛凉、镇静极佳。"

福山的神情立即严肃了，一脸认真地听着汤爷讲。

汤爷说："可惜，那时我剖鱼腹时不慎，把鱼黄弄坏了，便没有卖上大价钱，你把这条鱼先养着，养上半年再剖腹取黄，便能卖个大价了。"

福山点点头，说："谢谢汤爷指点。"

福山就开始精心地养着这条鱼。

福山每天都给这条鱼换水，撒饲料，然后便蹲在木盆前非常喜欢地看这条鱼。

然而，在他精心喂养了一段时间以后，福山惊异地发现，这条鱼身上的那种稠性很强的白毛褪去了。褪去白毛后的鱼便显现了真面目。

这鱼就是一种很普通的草根鱼。

沮丧的同时，福山想：这条草根鱼为什么长出了那些白毛来呢？

福山去找来有关鱼的书。

书曰：鱼体生白毛，乃鱼病，属恶疾一种。

福山看罢方悟。

福山想起汤爷，笑了。

又几日后，福山在镇里的街上遇到了汤爷。

汤爷问："福山，那条鱼养得还好吧？"

福山说："还好。"

汤爷说："一定好好养着。"

福山说："是，我一定好好养着。"

说者听者都一脸的一本正经。

其实，那条鱼在前一天就被福山摆上餐桌了。

我读我悟

美食家钟先生

钟先生是我的朋友，四十几岁，中等个，微胖，人称美食家。

钟先生爱吃成癖。癖之程度：凡哈尔滨风格不同，独具特色的风味（小馆）酒店，没有他光顾不到的。

因为是朋友，我沾了他许多的光。

我陪钟先生亲自品尝过的就有：北来顺的老羊汤，白家馆烤羊腿，一手店卤肉，吴记大骨头，正阳楼自制肉肠，希尔西天山涮蘑王，166 涮牛肉，383 鸡脖子，草市街的麻辣排骨串，老独一处的蒸饺、水饺，还有道外区烤肉一条街的石锅烤肉。

钟先生每去酒店，必换行头，着一件白色中式对襟布衫，脚下是软底黑布鞋，加上一条白色休闲裤，很派头，很神气。酒桌上，钟先生正襟危坐，先用湿巾净手，然后略整衣冠，拿出吃家的潇洒，拍拍手，唤来服务员点菜。

钟先生点菜有别于他人。

钟先生点菜从不看菜谱，唤来服务员后，只点一道酒家最拿手的招牌菜，至于杂七杂八的配菜，钟先生从不乱点，哪怕一道菜吃尽不够，再续一道。

钟先生说，吃的是招牌，别的都食之无味。

钟先生喜食，却不爱酒，只品菜，品到兴处，便轻轻击掌，赞不绝口。

钟先生为了吃，可以放弃一切，甚至爱情。

钟先生原有一娇妻，是省京剧院的一名演员，长相很标致，主唱龙江剧。因为钟先生的爱吃，妻子牢骚满腹很不满意。

妻子劝道：“爱吃可以，只在家里吃，你爱吃啥，我就给你买啥，行不？”

钟先生对妻子的劝说不理，依然东西南北地吃。

妻子无奈，只好最后摊牌：“你是爱吃，还是爱我，选择一个！”

钟先生最后选择了面包，却放弃了爱情，至今仍在独居。

离婚后的钟先生，仍潜心研究吃的学问，乐此不疲。一个很冷的冬日傍晚，钟先生来到我家，我女人给他斟上一杯热茶，他接过茶杯，用另一只手掀起杯盖，用杯盖的边沿拂了拂浮在杯子上面的叶子，然后他的一双眼睛在上升的水汽后面望着我，问："老炳，你知道南方菜为什么那么精致，而北方菜为什么粗犷豪气?"

我说不知道。

钟先生就很迅速地从衣袋里掏出一张报纸，翻到第二版说："你看。"

我接过报纸，是钟先生的文章《浅论南北方菜的差异》。

读罢，我对钟先生生出一分尊敬来。

钟先生来了兴致，又说："我下一篇论文是关于韭菜的。宋代诗人苏轼'断觉东风料峭寒，青蒿黄韭试春盘。'把春韭描写得淋漓尽致。春季气候冷暖不一，需要保养阳气。韭菜性温，最宜人体阳气。而且春季常吃韭菜，可增强人体脾胃之气。因此，像韭菜炒鸡蛋、韭菜炒龙虾等菜肴要常吃。"

这时，我发现我女人在一旁用本子记了起来。也难怪，我不会做菜，我家来亲戚朋友都是我女人下厨掌勺。

钟先生见我女人在一旁认真地记着，就又兴奋地讲到了西瓜。

他啜了一口茶后，说："在作为水果生食时，西瓜更可做菜入馔。西瓜做菜最佳部位是瓜皮，西瓜皮又名翠皮或青衣，削去表层老皮后可切成丝、片、块，采用烧、煮、炒、焖、拌等烹调方法，可做出'翠皮里脊'、'糖醋瓜皮'、'清炒青衣丝'、'凉拌西瓜'等菜肴，其味皆清鲜爽口，不逊于任何一种瓜类蔬菜。西瓜瓤也可入肴，用其切块炖肉或挂糊炸，味道都很不错。"

应该说，钟先生对食品的研究很不一般了。

有一年的春天，钟先生约我去吃得莫利炖鱼。关于得莫利炖鱼我听说过，在哈尔滨以东二百多公里的方正县伊汉通乡得莫利村，豆腐、宽粉条子和乌苏里江中捞上来的鲤鱼炖在一起吃，是村民们吃个热乎的老做法。村里人在路边开了小吃店，就用这道特色菜招揽过往客人，久之，得莫利炖鱼就成了食林新贵，得莫利村也因此成了"黄金码头"。据说，每年在此闻香下马的食客就达百万人之多。

春日的一个早晨，我和钟先生一行四人驱车前往方正县的得莫利村。

抵达得莫利村时，正好赶上饭口的时间，得莫利村的家家饭店都是客似云来。

我们走进电话预定的那家饭店。

入得厅堂，坐后，钟先生先净手，然后点了一道得莫利炖鱼。

四十分钟左右，得莫利炖鱼被服务员端上桌来。

钟先生说：“炖这种鱼就得慢工夫，讲究的就是个火候。”

直径得有二尺的巨型陶瓷盆内，放着两条二斤以上的鲤鱼，还配有大豆腐、粗粉条子、红辣椒。

我们四人开“造”，那鱼肉真是鲜嫩无比，暗香盈口。

钟先生轻轻击掌，一句“美哉”脱口而出。

钟先生对我们介绍说：“做这种鱼要选鲜活的二斤以上的鲤鱼，在清水里养一段时间，除去土腥味。捞出来，开膛去内脏，不过油，不断开，不打花刀，整条的下锅炖。至汤浓肉烂，粉条够火，豆腐入味为妥。”

…………

饱腹之后，打道回府。车上，钟先生无限感慨：“这个得莫利炖鱼，只能在这里炖出那个味，换个地方就是神仙也没辙。”

大家附和着说是。

钟先生双眼凝望着窗外的远处，许久，说：“天下的美味无尽，吃了这，又想那，没完没了，何时是个终止呀！”

钟先生说完这话后，一脸茫然，双眼里流出了很多的泪水。

我想，钟先生对美食的钟爱是达到一定的境界了吧。

我读我悟

大　雪

七月的城市，处处在流火。

刚刚才上午八九点钟，天气就已显出了酷热的威力。

倒霉，这座大楼的电梯又坏了，他在心里暗暗抱怨。

噔噔噔……噔噔噔，当他气喘吁吁爬上十二层楼时，他身上那件洗得有些发白的牛仔短袖衫几乎被汗水浸透了。

接下来，还有更倒霉的事在等他。这个差不多让他跑断腿的工程，又一次被悲惨地告之还是没有定下来。可是，在脸上他必须挂满耐心的微笑，绝对不能让对方看出他的懊恼和极度的沮丧。然后，他再一次不厌其烦地向对方列举出了他们公司参与竞争的优势和实力。也许是出于同情或可怜吧，对方的一位经理拍了拍他的肩膀说："再等等，再等等，还是有希望的。"要他回去静候佳音，纯属扯淡！为了这个工程，经理快把他吃了，如果最终拿不下这个工程，经理就会把他拿下。下楼时，他一直在心里愤怒地咒骂着。

10 点 20 分，他灰头土脸地走出了第二家公司，他认识的这家公司的秘书小黄告诉他，他们经理去了海南，所以，上次谈的工程一时半会儿定不下来。今天是星期一，星期一买卖稀，这是让商家讨厌的日子，没想到，对他这样一个跑业务的人来说，星期一同样是灰色的。

他丝毫没有心情看街上女人们的美艳妖娆和花枝招展，只是再一次把自己融入行色匆匆的都市人流中。

挤上公共汽车时，他感觉这时的公共汽车就像一个巨大的蒸笼，里面的每一个人都在拼命出汗，拼命发酵着，每一个人的衣服都腻腻地贴到了背上。因为拥挤，他不得不与一个身材肥硕的中年妇女紧紧地靠在一起，他甚至闻到了两个人身上所散发出的黏糊糊的汗臭味儿。

他想自己当年在家乡的山野上和小伙伴们信马由缰地疯跑时，在大学校园的绿荫场上和痴迷足球的队友们箭步如飞时，也曾经有过这样的大汗淋漓。但那时的汗水却充满了青春和阳光的味道，而不是像现在这样，有着一股发霉变质的馊味儿。

11点30分，顾不上吃午饭，他急急忙忙从一处工地直接赶奔医院看望母亲。母亲刚刚做了一次大手术，尚在后期观察阶段。在医院附近的超市，他给母亲挑了半个沙瓤的冰镇西瓜，另外，又给母亲和妻子买了两份盒饭。不想让母亲和妻子看到自己一脸疲惫、满头大汗的样子，他先跑到医院的水房，在水龙头下一顿猛冲，然后掏出有些汗津津的手绢，把头和脸擦干。这时，再对着镜子照时，他感觉自己看上去精神多了。

当妻子服侍母亲吃饭时，他竟倚在母亲的床头打起了瞌睡。

恍惚间，他又回到了无忧无虑的童年时光，每当月光皎皎的夜晚，他就会缠着奶奶讲那些古老而美丽的传说；恍惚间，他又回到了意气风发的学生时代，跟女生肖雅手牵手，一边散步聊天、畅谈理想，一边有滋有味地喝瓶中的可乐，那时候，生活是多么惬意呀！

生活的改变是在大学毕业之后。

当初为了能留在省城，他忍痛割爱，放弃了自己所学的专业，在电车公司当了一名宣传干事。哪知此后事业不顺，情感也一路受挫。

这期间，他经历了女友肖雅的出国单飞，经历了单位的下岗，也经历了工作的几度变迁，经历了结婚生子和父亲的病故。

十几年拼杀下来，曾经的激情万丈与踌躇满志，如今都不见了踪影。

走出医院时，午后的太阳更毒了，晃得他睁不开眼睛。

他在心里计划了一下下午的工作日程，先到两家公司催款，然后再跑几个工地。也许是天气太热，去催款时，对方火气大得要命，其中一个公司的肥头大耳的经理似乎午睡质量不高，没等他把话说完，就扯着嗓门儿冲他嚷了起来：“怎么？你们要把人逼死啊！我们现在是一分钱也拿不出来……”到另一个公司也只要回了工程款的四分之一，就这样，他已经谢天谢地了。

昏头涨脑的他开始赶奔下一个目的地。

他早已厌倦了这份磨破嘴、跑断腿，还要处处看人脸色吃饭的工作，可是，每天他又不得不硬着头皮干下去。贷款购房、女儿上学、母亲住院、妻子下岗……所有这些，压得他快透不过气了。于是，他变成了一部永动机，不停地转，不停地转。

那次大学同学聚会，借着酒劲儿，当年睡在他上铺的王刚直言不讳地说他变了：“我真没有想到，你的变化会这么大，你变得务实，变得油滑了，城市太可怕了，它可以在不知不觉中扭曲许多美好的事物。”

王刚那天说的话，他至今仍言犹在耳。他认为王刚的话没有错，很多时候，他都感觉自己像一个空心人一样，游走在城市的大街小巷。

接近傍晚，空气中依旧热力十足，让人从头到脚燥热难当。

拖着疲惫的步履赶回公司汇报工作时，他又见到了经理那张缺乏表情的脸，他知道即使经理什么都不说，他的表情也足以说明了他内心对自己的不满和谴责。

明天，明天天还会这样热吗？

怀着一腔的郁闷走出公司大门，不知为什么，他猛然记起了家乡的那场大雪。

那场雪下得铺天盖地、遮云蔽日，满世界的洁白，满世界的干净。

那真是一场叫人无比欢畅的大雪呀！

我读我悟

迷　乱

年近四十，却依旧漂亮、丰腴的宫雪艳最憎恨的就是这几年自己身上多出来的那些赘肉。

有着浓郁的自恋情结的宫雪艳认为，只要能想尽一切办法，除去身上多余的脂肪，那么，自己整个人就近乎完美了。

宫雪艳认为漂亮的脸蛋和苗条的身材是女人在这个社会上最好的通行证。所以，在吃过各种减肥药、喝下各种减肥茶，仍毫不奏效的情况下，宫雪艳咬咬牙、狠狠心，一下拿出一万多元，加入到一家国际休闲健身俱乐部，成为那家俱乐部的一名持有年卡的会员。

她抱定的信念是不练出李玟那样的魔鬼身材决不罢休。

为了实现瘦身减肥梦想，宫雪艳成了俱乐部里最刻苦、最用功的学生，弯腰甩胯、奔跑跳跃、游泳保龄、器械强化训练……面对一项项折磨人的“大剂量”运动，她意志坚强，样样争先。

这样来来回回折腾了近一个月，宫雪艳身上赘肉依然。宫雪艳并没有因此气馁，她坚信功到自然成。

一天，当宫雪艳在跑步机上一阵疯狂地挥汗如雨后，坐在休闲椅上小憩时，一个面庞清俊、身材匀称，穿一身“斐乐”牌黑色健美服的大男孩走过来，与她友好而亲切地打起了招呼：“嗨，漂亮的女士，你好！”“你，你好！”在男孩有些灼灼的目光下，不知为什么，她突然变得语迟起来。打过招呼，男孩并没有马上离开，望着热汗涔涔的她，男孩就用自己那略带几分磁性、在她听来颇似阿杜的声音，关切地询问起她健身后的感觉，而后又问起了她瘦身的效果。在男孩的注视下，她竟露出了与年龄不符的羞赧神色，甚至莫名其妙地希望自己在男孩的眼中能显得苗条一些、年轻一些。她还后悔自己不该穿这身浅色的健身服，她不希望男孩感觉她很没品味的样子。

就这样，她与男孩相识了。

通过了解，她得知男孩是俱乐部里的私人健身教练，刚刚毕业于一所师范大学的体育系。对于私人教练这个称谓，从前，她只是在电视和杂志上听说过，没想到有一天，自己竟会与之面对面。男孩爽朗、健谈，关于如何进行科学健身、如何通过美容塑身、合理调配饮食保持青春等一些为她所关注的话题，他都能切中要害，讲得头头是道。男孩还特意让宫雪艳看了他带的学生减肥瘦身的档案资料，那上面记录着一个个渴望美丽的女人梦想成真的故事。

待宫雪艳看完后，男孩凑近她的耳朵，悄悄说："其实，这应该是保密的。"这句话让宫雪艳感觉自己和男孩距离突然拉近了，因为他们有了共同的秘密。这时，男孩又主动提出陪宫雪艳做一次全身运动，让她找找感觉。

第一次在私人教练的陪伴下健身，宫雪艳显得很羞涩。虽然，男孩总是提醒她要注意放松，可她却紧张得要命，几乎不敢做动作。当男孩细心地为她做身高、体重、三围等各项数据指标的测试时，她更是紧张得连大气也不敢出。当男孩的手自然地碰触到她的身体时，她感觉自己的全身都变得僵硬起来，可她又很怕被男孩看出自己的窘态，便努力掩饰。幸好，男孩总是很能理解地一笑带过。

从那以后，她每次来，男孩总是很热切、很主动地跟她打招呼，并询问她的塑身进度。

一次健身过后，男孩走过来，主动提出请她到楼下酒吧坐坐。于是，她跟着男孩走进了酒吧。迷离的灯光下，她显得很耐看。男孩脱口而出："这时候的你，很迷人。"接着男孩又说："坚持下去，你会更迷人。"宫雪艳觉得男孩特别能理解她的心情。

那个晚上，就为了男孩的话，她喝了很多酒，走时脚步都有些零乱了。男孩要送她回家，她答应了。一路上，她感觉自己的身体轻飘飘的，仿佛没有了重量，她突然很想放肆地在男孩的怀里靠一靠，丈夫整日忙于外面的应酬，她感觉自己已经被冷落很久了。而男孩似乎看透了她的心思，坐得离她那么近，她分明能感觉到他如兰的气息。那一刻，宫雪艳多么希望回家的路程能再长一些啊，那样她就可以将这种很撩人的感觉保持得更长久一些。

不知为什么，宫雪艳着了魔一般，越来越喜欢往健身中心跑了。男孩已经正式成为她的私人教练。虽然，每月她要为教练多支出一笔不小的开销，但是，她喜欢这样做。

男孩飞扬的青春和无处不在的活力深深吸引着她，男孩还带给她许多鲜活的感觉，这种感觉在她和丈夫当年恋爱时曾经有过，但那已经是相当久远的事了。在与男孩的接触中，她觉得自己一下子变得年轻起来。偶尔，她会不经意地流露出一些小女儿态，而这些在她来说也都是久违了的一种感觉。现在一有时间，她首先想到的是去健身。而且，每一次去，她都把自己打扮得很靓丽、很时尚。女伴们说她越来越年轻了。

她继续保持着与她的私人教练的友好交往。只是有些时候，她会感到很不开心。她明明知道男孩不仅仅是她一个人的教练，可她就是妒忌所有跟男孩搭话的女性，尤其是那些青春扑面的年轻女孩，让她感到有说不出的危机。

不知为什么，她毫无理由地对男孩着迷了。她多么希望男孩能够真正成为她一个人的教练啊！

一天，她发现男孩又以她熟悉的方式，与另一个新会员、一个年纪与她相仿的女子打起了招呼："嗨，漂亮的女士，你好！"。语气一如当初对她时一样，深情而充满磁性。

这时，宫雪艳的心中竟有了说不出的难受。

继而，宫雪艳的内心又开始惶惑起来。

我读我悟

木 像

旧时宾州府南街口有一家喻户晓的名店，名曰“季氏雕坊”。

“季氏雕坊”老板浙江东阳人氏，姓季名文博。

季文博祖上几代专营木雕艺品，先祖是木雕界有名的祖师爷，曾与当时的“雕花皇帝”杜云松、“雕花榜眼”楼水明齐名。

季文博从小志向高远，好学上进，八岁学徒，秉承祖业。二十岁时，季文博便以一组人物木雕“醉八仙”而名冠东阳。

人怕出名猪怕壮。此话倒也不假。出名后的季文博遭到族人的嫉妒、排挤，一赌气带着妻儿老小、细软家私离开东阳，投奔宾州府“周记木器行”的周老板。

此前，季文博与周老板也仅有一面之交。当时，周老板去东阳采购木料，因黄杨木紧俏，周老板在东阳城跑了月余也求购不到。怎么办？家里已经签下一单生意，就等着这木料了。

周老板在客栈愁眉不展时，有当地朋友来告诉周老板，东阳木雕名家季文博备有上等的黄杨木，只是不知道人家肯不肯卖。

周老板听后，右手指轻弹一下袖口，又轻叹一声：“事已至此，行不行也得一试。”

朋友引荐，周老板见了季文博，把自己的难处和盘托出，并愿意出高价匀兑一些黄杨木。

岂料，季文博一口应诺愿意帮忙，而且是以进价转卖，难事迎刃而解。

周老板感激不已，非要多加些银两。季文博说：“生意人讲究的是取财有道，我绝对不做乘人之危之事！”

这样，周老板就顺利购入这批木料，完成了家里的那单生意。

季文博远离故土，投奔周老板来此安置家业，自是让周老板喜出望外，他还正愁季文博上次雪中送炭之恩无以回报呢！

周老板把季文博一家安置在府上住下，便陪同季文博在城内选地购宅，最后在挨着南街口的临街买了三间门面房。门面房的后院两边是筒房，季文博的十余米长的木雕工案就摆放在这里。案子上置放着大小手锤、刻刀百把，地面上还堆放着磨石数块、蜡粉、染料百余袋。

“季氏雕坊”开业那天，周老板请来了宾州府的商贾豪绅与各界名流前来捧场。

一阵鞭炮响过之后，周老板与季文博就带着这些脸面人物去了城内的“仙鹤酒肆”吃酒饮茶至夜半。

“季氏雕坊”开业不久，生意就红火起来，原因有三：一是季文博是木雕高手，二是周老板的鼎力相助，三是县城的有钱人家很讲究住宅及祠堂的雕刻装饰。

季文博除了接一些屋檐门窗的雕刻活计之外，还雕一些反映民间生活的耕种、收获、桑蚕、织线、织布、放牧、狩猎、裁缝、商贾及花鸟鱼虾、蔬菜瓜果之类的壁挂、条屏置于店面出售。

谷雨时节，县城的“裕生堂”老板林道明筹办六十大寿。此人算得上是宾州府的商贾人物，又是周老板相交多年的至交。因此，周老板上街沽了两壶老酒，来到“季氏雕坊”，与季文博对饮进餐，商量送林老板什么寿礼方为妥当。

商量结果：季文博雕刻一个林道明本人的木像。

周老板说：“以木像为礼不俗，最主要是木像出自木刻高手，算是艺术珍品！”

因了周老板的这层关系，季文博与林道明也吃过几次酒，来来往往，说来也算是脸熟的朋友了。

季文博专选了材质坚实、木纹细密的木雕良材龙眼树，为林道明雕刻木像。

季文博连熬数夜，精雕细琢，终于在一天的拂晓把木像雕刻完毕。然后将其染为棕褐色，经磨光打蜡，一个活灵活现、栩栩如生的林道明木像，在窗外晨光的映照下显得光亮异常。

翌日，季文博把木像拿给熟人和周老板看，看过的人都说太像了，简直是如同从林道明的脸上扒下来一般。

周老板赞不绝口：“高手！高手！”

为了给林道明的大寿增添意外惊喜，事前周老板并未把季文博雕刻木像的事情告诉林道明。

在林道明寿辰之日，周老板与季文博一同前往祝寿。

进了林府，周老板和季文博一同向林道明道喜，然后周老板打开精致的礼盒，拿出木像，送给林道明。

周老板说："林兄，您看这木像是谁？"

林道明手擎木像，左看右瞧半天，说："是谁呢？看着这么眼熟啊！"

季文博在一旁说："林兄，您再仔细看看，这是何人？"

于是，林道明手托木像，复又细瞧，仍然瞧不出是谁。

周老板急了，刚要告诉林道明这木像正是他本人时，季文博阻拦说："罢了，罢了。"然后转身离去。

回到家的季文博，立于筒房的工案前凝思默想：别人都认得出木像是林道明，为何林道明本人竟认不出来是自己呢？

季文博百思不得其解，最后认定是自己雕刻的木像出现了败笔。

是夜，季文博躲开家人，悬梁自尽。

我读我悟

“穷　人”

妻子常在亲属和家人面前，叨咕我们的日子如何如何清苦，如何如何贫穷。妻子甚至还常在她的父母面前，编造出“我们这个月又欠了外债”的谎言，惹得她的老爹老妈也跟着长吁短叹。这样，我和妻子便在亲属和家人堆里，得到个穷人的称谓。

有一次，我和妻子女儿回乡下探望父母。刚一到村口，便被母亲发现，这时就听母亲唤父亲：“哎，出来接一下，穷人回来了！”

听后，我心里有点不是滋味。

到家后，当我把给父母买的一些营养品拿出来，放在炕柜上时，母亲急忙用双手挡着，并说：“把这些东西带回去，退了！我们不需要这些东西。我和你爹又不是外人，你们这么穷，总买这些东西干啥！”父亲也在一旁说：“是呀，只要回来看一看我们就行了。”

正在僵持之中，妻子又开始叨咕开了。

妻子说：“城里的日子实在不好过，什么东西都很贵，连油盐酱醋都要天天涨价，这日子越过越难呀！”

听了妻子的这很不是火候的话，我气急了，对妻吵道：“闭上你的臭嘴，这日子叫你咒也咒穷了！”

父亲站起，指着我说：“你吵什么？你媳妇说得不对呀？”

这时，和父母一起过日子的二弟、弟媳从地里干完活回来。二弟插话说：“日子过穷了，怨男人没能力，和我嫂子吵什么？”

对父亲和二弟的斥责，我没有解释什么。

翌日，我和妻子、女儿回城时，母亲执意让我把那些营养品带回来。当我们走出村子挺远时，我回望村口，发现父亲、母亲、二弟、弟媳仍站在村口处，向我们招手致意呢！

我的心里一下便涌出一种很酸楚的感觉。

回到家，我对妻子说：“你总叨咕穷，不感到晦气吗？其实，我们两个人上班，每月收入三千多元，供养一个孩子，这能说是穷人吗？”

妻子回答我说：“算不上穷人，可也算不上富人呀！”

我觉得和妻子辩论不清这个问题，便不与她争辩了……

近一年的时间没有回乡下了。一天，二弟从乡下来到我家。当我见到二弟的第一眼时，心里一惊，二弟怎么瘦成这样？

二弟见我疑惑，就低下头，说：“今年春我得了肺病，现在基本治好了。”

我问：“怎么没告诉我？”

二弟说：“爹和妈不让。”

我又问：“为什么？”

二弟：“因为你们……你们也不富裕。”

天呀，我猛然间知道了妻子总在亲属和家人面前，叨咕自己是穷人的真正原因了。我握着二弟的手，望着他苍白瘦弱的面孔，很心疼地问：“二弟，治病欠外债没有？”

二弟说：“欠了一万多元。”

我说：“二弟，不用愁，大哥帮你还！”

二弟哽咽着点点头。

二弟走了。当我看到二弟那原本坚挺的腰，被生活的重担压得很弯时，我泪流满面了……

我读我悟

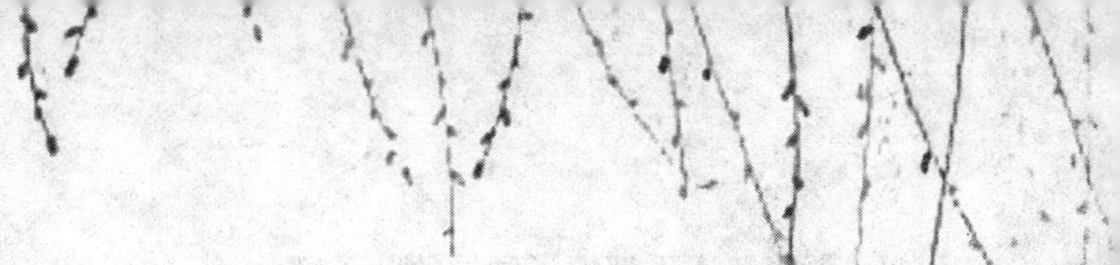

面对说谎的人

袁炳发面对说谎的人，一脸的怒气。他握紧拳头，想冲上去与那个说谎的人拼个你死我活。

当时是在公交汽车上，瘦猴儿般的袁炳发费了九牛二虎之力挤上了这辆公共汽车。刚站稳，气还未喘均匀，就听离他不远处的一位胖家伙和另一位刀条脸说："袁炳发那小子表面挺文静，背地里净做不义气的事！"

"咋不义气？"刀条脸问。

"他升处级没升上，和我有什么相干？他到领导那儿告我工作时间干个人活，把我本来能升一格的事也搁浅了。你说这义气吗？"

"不义气。"

"够人味吗？"

"不够人味。"

"再说，我工作时间干个人活，也比他工作时间总看不到他人影强吧？"

没等刀条脸答话，车上的人就把目光投向胖子和刀条脸。

此时的袁炳发，站在那儿觉得脸上一阵一阵的热，怒火一个劲地往上涌。他狠狠地瞪了下胖子，就想：我和他都不认识，干吗编些连影儿都没有的谎言来污辱我呢？

他正握紧拳头欲上前，却听胖子又说起来，他就站在那儿想再听听胖子还说些什么。

"……袁炳发那小子会'溜'，见着领导就后衣襟短，见着咱们没用的就后衣襟长。"

"听说他还会写小说？"

"净瞎编，不是他爱她，就是她爱他。"

"甭管咋编，一年稿费不少赚。"

"那稿费还不都填了领导的肚子。"

袁炳发实在听不下去了，面对说谎的人，他一脸的怒气。刚要冲上去，车却停了。站上等车的人又开始往车上拥。

胖子又要说，刀条脸却捅了他一下，说："别讲了，袁炳发那小子刚才挤上来了，在车门那儿站着呢！"

胖子就不讲了。

此时的袁炳发有点发愣，转头望去，见车门那儿站着一位戴着近视眼镜挺斯文的人。

刀条脸和那戴近视镜的人点头，打招呼："袁兄，好啊！""好，好！"戴眼镜的袁炳发也挺客气地点着头。

袁炳发这时才知道，在这个城市里，还有一个叫袁炳发的人，而且也会写小说。

袁炳发知道了胖子讲的不是自己，心里的火顿时就消了。

于是，袁炳发面对说谎的人就很愉快地微笑起来……

我读我悟

活着没意思

一位朋友在刚燃完二十八只生日蜡烛的当天夜里就死去了。

作为朋友，雄感到很悲伤很痛苦。

作为朋友，雄随灵车去了火葬场。

从火葬场回来的雄，始终忘不了朋友的尸体被推进铁炉时那种揪人心肺的滋味，更忘不了骨灰寄存室寄放的骨灰盒上镶嵌的那些十八、九岁，露着灿灿烂烂笑容的少男少女们的相片，忘不了，一辈子也忘不了，这种记忆是刻骨铭心的。

雄知道自己再过两个月也要燃起二十八岁生日的蜡烛。

雄就感到人世很苍凉，生命很无光。

从此，雄就整日萎萎缩缩。

从此，雄给人的形象总是未老先衰。

雄对大家说："活着没意思！"

大家就说："活着是美丽的！"

雄就红着眼珠骂大家胡说。

大家听后却都不怒，都怜于雄的瘦骨伶仃。

雄的女朋友，一个很漂亮很温柔的女孩说雄："你干吗穿得脏兮兮？你干吗不穿得潇潇洒洒？"

雄就说："那是很没意思的事情，傻人才会那样做。活着是没意思的。"

女孩变了脸："没意思，没意思，说是没意思你干吗不去死呀！"

雄说："死神还没有恩赐我机遇。"

女孩就和雄分了手，永远不再见。

和女孩分手后的雄更感到活着没意思。

雄笑着对大家说："活着也是没意思！"

雄哭着对大家说：“活着也是没意思！”

雄醉后对大家说：“活着也是没意思！”

…………

一日，雄和大家去一个水库钓鱼。

雄置好鱼竿把线甩入水里。不一会儿，露在水面上的鱼漂就发出鱼咬钩的信号。雄就很有情绪地提竿，一条很大的鱼就被提出水面。很遗憾，当雄刚要摘钩的时候，那鱼很机灵地一个翻身挣脱了钩儿又跳回水里。这时的雄竟忘记自己不会游泳，竟甩掉鱼竿随鱼一起跳入水中。他想抓回那条到手后又逃走的大鱼。

跳入水中后的雄在水里忽上忽下地挣扎。

雄的肚里喝进了水。雄意识到这水能够吞噬他的生命。雄就大喊：“救命！救命！……”

其实，在雄未喊救命时，大家就早已脱衣跳入水中向他游去。

大家费劲地把雄从水里救上来。

被救上来的雄，坐在那里吸完一支烟后，说：“活着也是没意思！”

大家听后就笑了。

雄也跟着莫名其妙地笑了。

我读我悟

悲 哀

刘老太太与王老太太是一墙之隔的邻居。

刘老太太无儿，只有一个女儿，住在姑爷家。

王老太太无女，只有一个儿子，住在儿子家。

每天清晨，刘老太太的姑爷就早早起床，去奶站打牛奶。牛奶打回后，又煮又调，做得十分认真。然后，再把煮好的牛奶，端到刘老太太的面前，说：“妈，喝牛奶了！”

刘老太太“哎”的声音还未落，姑爷就已把刘老太太扶起来。

刘老太太的姑娘、姑爷，对待刘老太太一年三百六十五天总是这般好。

相比之下，隔壁的王老太太的景况就大不相同了。

每天清晨，王老太太先是早早起床，去奶站打牛奶，牛奶打回去，又煮又调，做得十分认真。然后，再把煮好的牛奶端到小孙子面前，哄着小孙子把这杯牛奶喝下。再然后，便是到厨房忙碌一阵子。饭做好后，又到卧室的门前轻轻地唤儿子：“宝子，起来吃饭吧，上班的时间快到了。”

这时，儿子、儿媳懒懒地走出卧室的门。

坐在饭桌旁，儿子刚吃上两口菜就嚷起来：“妈，你记性怎么这样差！告诉你好几遍了，以后做菜少放盐。”

王老太太听后急忙说：“瞧我这记性，以后我可得记着点。”

一天，刘老太太的姑娘、姑爷，王老太太的儿子、儿媳都上班后，两位老太太就坐在院子门前闲唠起来。

王老太太说：“大姐，我真羡慕你有福气，姑娘、姑爷对你这么孝顺。”

王老太太说完就显出一脸的悲哀，两眼木呆无神地向前望着。

刘老太太说：“大妹子，其实我也挺羡慕你，姑娘、姑爷待我万般好，我也总觉着不顺当，这毕竟是姑爷家呀！”

刘老太太叹了口气，又说："大妹子，你在儿子家，苦点累点是自己的家，仗义！是不？"

王老太太听后没语。

刘老太太也就不语了。

王老太太和刘老太太都像是在想什么。

王老太太想的是：这一生没生个姑娘，像刘老太太那样有个姑娘，享点清福多好！

刘老太太想的是：这一生没个儿子，像王老太太那样有个儿子，死也瞑目呀！

想到这，俩老太太就都挺悲哀，泪就从眼里流下来。

我读我悟

啃青

这是北方啃青的季节。

早晨天刚放亮，铁子没有惊动自己的女人。铁子是知道心疼女人的男人，他想叫女人多睡一会。铁子蹲在灶边，把灶里的柴点着，把昨夜女人烀熟的苞米，拣出几棒放在锅里串串气。然后啃了四棒苞米。

吃完，拍拍肚子，铁子关上了房门走了。

铁子搭同村麻叔的四轮车进城了。

铁子进城没啥大事。按铁子心里的想法，挂锄了，在家闲着也是闲着，还不如到城里逛逛街景呢！

天晴晴朗朗。

铁子坐在车上哼着“一路上好风景，没有细琢磨……”

四轮车开进这个城市的边缘，就停下来再不敢向前行驶了。这个城市的马路，是禁止四轮车通行的。

铁子是换乘公共汽车进入这座城市的。

巨幅广告把铁子的脖子看酸了，街上行走的美男靓女把铁子的眼睛都看呆了。

原来城市是这样迷人。

铁子走进一家商场。铁子在商场里给自己和媳妇各买了一条西裤。

当铁子走出商场时，在商场的一个拐角处的柜台上，铁子终于发现了各式各样的乳罩。有好多城里的女人在那里挑乳罩。

铁子就突然有了给媳妇买乳罩的欲望，他也要让自己的女人的胸部高挺起来。

铁子就走到柜台前挑选乳罩，挑选得很仔细。

卖乳罩的是一个很漂亮的女孩，见铁子这样自己挑乳罩，就用很不好的眼神看铁子。

铁子看中了一个乳罩，还拿起乳罩在自己的胸前比了比。

卖乳罩的女孩，那很不好的眼神就又浓重了起来。

铁子付钱买了两个乳罩。

走时，那漂亮的女孩甩给铁子一句话："山炮！"

铁子听到那女孩的话，脸就红了起来。

走出商场后的铁子，肚子开始咕咕地叫开了。铁子感到自己该吃饭了。正寻思找个地方吃饭，铁子突然一眼看见了路边的烤苞米。

烤苞米摊前，城里的男人、女人，还有孩子在一棒一棒地啃苞米。

铁子听人说过：现在的城里人，特别爱啃烤苞米。

于是铁子想装一回城里人，啃几棒烤苞米。如果到别处吃饭，城里人嘴黑，弄不好别再让人骂个山炮。

铁子这样想时，就走到烤苞米的摊子前，啃起了苞米。

铁子啃了一棒又一棒，啃的比城里人还城里人。铁子一口气啃了四棒，大家都瞧着他时，铁子付钱很得意地走了。

铁子想：这回像城里人了吧？

啃完苞米后，铁子又给妻子买了点水果。就急着往回赶。

当赶到城市的边缘，麻叔的四轮车已经在那儿等他很久了。

铁子坐上车，车就往回开了。

铁子和车上人说："以往都是城里人到咱农村来啃青，今天我是农村人到城里啃了一回青，真有意思！"

接着，铁子就把自己装了一回城里人，早晨在家吃了四棒烀苞米，中午在城里又啃了四棒烤苞米的事，和车上人学了一遍。

车上人听后，就都大笑起来。

车开了一段路，铁子发现路边有一个厕所。

铁子就喊："麻叔停车，我要上茅房。"

麻叔停下车，铁子就进了厕所。

铁子从厕所出来后，对车上的人说："城里的烤苞米糊弄人，不熟。啃出痢疾来了！"

车上人听后，又都大笑起来……

书患

柳镇有个袁先生，人斯文，个高，却极瘦。柳镇人议起袁先生的瘦，都说是：“他的瘦，是书弄的。”

这样说是有原由的。袁先生嗜书如命，常把书比做自己生命的一部分。他读书可以不吃不喝，更不用头悬梁，锥刺骨，也能读个通天通宿。久之，袁先生就被弄成猴一般地瘦。

袁先生喜欢读书，也喜欢买书，用袁先生的话说：“过日子家什可无，书却不可无!”袁先生和夫人结婚十余年，家里四壁藏书有顶棚之高，在柳镇可算是位藏书泰斗。

袁先生家中藏书虽多，却颇爱到外面借书读。借同事的，借学生的，借学校图书馆的，凡有书可借，必借来读，并且读起书来如痴如醉。

一夜，已是月挂中天，袁先生仍手持一卷于书室的案前，朗朗高声：“噫吁戏，危乎高哉！蜀道之难，难于上青天!”

夫人惊醒，披衣起床来到书室，对先生说：“时间这么晚了，明天读不行吗?”

袁先生仍手不离卷，眼不离书，对夫人说：“不行，这书借时讲好，明天必还!”

夫人无奈，叹气摇头刚要离去，却突然发现先生读的是《李太白全集》，就很惊讶地问先生：“《李太白全集》咱们不是早买了吗?”

听后，先生甚惊。抬起头：“真的买过?”

夫人点头。

先生大喜，急起身到书架前，甩甩胳膊，揉揉酸眸，竟真从书架里找出《李太白全集》。

夫人就对袁先生说：“书都把你弄瘦了，也弄糊涂了。”

先生摇摇头，抬头的时候露出一脸苦笑。笑后，遂与夫人入寝。

人常说光阴似箭，却也是这个道理。谁也不曾留意什么，二十年就这么过去了。

二十年后的袁先生，被书弄得越发地瘦了，整个人瘦得精赤赤一条。那身上的薄皮裹着一身瘦骨，让人看着着实怜惜。

一日，袁先生感觉身体不适，就躺在床上，这一躺就是十来日，身体仍是有些不适。

袁先生不知自己患了什么病，就觉得全身筋骨酸疼。夫人劝他去看医生，袁先生很固执地摇头。

袁先生让夫人把床挪到书房，他说他离不开书。夫人照办后把他搀扶到书室的床上。袁先生于书室的病榻上，看到四壁的书，精神上就有了好大的安慰。

又一日，袁先生的老朋友来看望他。朋友落座之后，袁先生就指着四壁的书，对朋友说："我这一生书没少读，却都是借人家的。可惜自己藏了这么多书，却没有一本真正看过。"

朋友听后，不解，惊讶地问："真有此事，这是为何?"

袁先生说："我总有一个怪想法，书是自己的，什么时候读都行，借人家的书，就得抓紧读，抓紧换。"

朋友听了想想，就劝先生，说："先生有这样的想法并不怪，这很合乎正常人的思维，只是青春易逝，人生苦短啊!"

这一年的年底，袁先生的病也未见起色。不久，他故去了。死的时候眼睛是睁着的，是他夫人用书给他合上的眼……

袁先生和夫人只有一个女儿，他女儿在镇上开饭店，听说挺有赚头，对书却不大感兴趣，就常对母亲说："妈，我爸留下的那些书咋办呀?!"

袁先生的夫人望着四壁顶棚高的书，叹气说："是呀，愁的是这些书可咋办呀!"

我读我悟

王　五

很巧，王五在车上遇到自己科里的科长。

王五就和科长坐在一块。

王五问："科长，会开完了？"

科长答："开完了。"

王五又说："会开完了，应该在城里玩一玩，为啥这么着急回去呀！"

科长笑笑，说："不行啊，工作这样忙，哪有闲心玩下去呀！"

科长说话间，从衣袋里拿出五角钱一盒的"葡萄"烟，自己叼上一支后，又递给王五一支。

王五就和科长唠起科长开会后，单位里发生的一些大大小小的事情。

很快，王五和科长嘴上的烟都吸完了。

又唠起了一些闲嗑后，王五突然想起这次该自己给科长敬烟了。当王五的手伸进衣袋里，摸到自己那五元一盒的"红梅"烟时，就又犹豫了。心想：自己的烟价是科长的10倍，给科长敬烟，这不明显给科长下不了台阶吗！想到此，王五的手从衣袋里空着抽出来。

这时，科长又掏出"葡萄"烟，自己叼上后，又递给王五一支。

这次，王五没接，心想：自己不给科长栽面子，可也不能总占科长的便宜呀！但王五还是没有耐住科长的热情，把烟接过来。

这次，王五吸烟时，心就觉得特别恐慌，坐态也不那么自然，更不敢和科长对视着唠嗑了。王五一口接一口闷闷地抽，鼻尖上沁出了一层细密的汗珠。

车到一个小站，恰巧，小站上有摆烟摊的。王五就大喜特喜地掏出五角钱，买了一盒"葡萄"烟。

"葡萄"烟拿到手后，王五就急不可待地撕开，递给科长一支，说："科长，这次你抽我的。真不好意思，上车时挺急，忘买烟了，这半天净抽您的。”

科长说：“你怎么这样客气？”

王五就挺谦虚地笑笑。

科长说：“王五，别的烟怎么好，我也抽不顺嘴，就这葡萄烟，我是咋抽也抽不够。看来你也是喜欢抽这个牌子的？”

王五直点头。

科长就很高兴地握住王五的手，说：“哎呀，这次我可找到烟友了。”

这时，突然一个急刹车，把车上的人都从座位上颠起来。王五衣袋里的那盒“红梅”烟也跟着窜出来，掉在科长的腿上。

科长拾起这盒“红梅”烟后，像不认识似的盯了王五半天，说：“你小子真鬼精，有好烟还舍不得拿出来！”

王五听后，就急着想和科长解释，可怎么解释呢？心里一急，鼻尖上又沁出一层细密的汗珠……

我读我悟

经 历

丁一热爱文学，因此，除了白天忙于生计之外，每天夜晚他都在灯下苦苦地爬格子，苦苦地等。

丁一对文学的那股子劲儿，犹如老牛爬上坡一般。

几年后，丁一终于“爬”出了成绩，他的一篇小说在省里的征文比赛中一举夺魁。

消息在丁一生活的小镇传开后，犹如一枚炸弹在空中爆响。

人们议论着：丁一那小子做过冰棍。

有人提醒说：还炸过麻花呢！

其实，丁一的经历不仅是人们所议论的，做过冰棍，炸过麻花。他还赶过车，下过矿井。

丁一到省城领奖时，接受了许多记者的采访。

几天后，省城的各大报纸都这样介绍丁一：丁一同志是从生活最底层一步一步走出来的青年作家。他赶过车，下过矿井。做过冰棍，炸过麻花。这些独特的生活经历积累，使他写出了低层小人物对命运的困惑、抗争、挣扎，这是人性的真实……

丁一获奖之后不久，便从小镇调到县文化馆搞专业创作。

此后，丁一的小说频频发表。丁一每当给高中生讲课或谈创作时，他都要把自己在小镇上的那段生活经历讲出来。

丁一的意思是：人无论有过什么样的经历，只要坚持，终能成功。

随着丁一名气越来越大，他开始天南海北地参加笔会。

一次，丁一参加全国性的笔会。笔会间歇，大家在一起闲聊。丁一就过去的经历津津乐道地对作家们大话：冰棍冻到什么程度才能硬脆，麻花炸到什么火候才能酥香可口，赶车怎么吆喝……不等丁一讲完，作家们都带着不屑的眼神离去了。

丁一有些困惑，就问和他同住一室的老作家："这是怎么回事，为什么没听完就纷纷离去？"

老作家告诉丁一："生活中有许多情况不清，像写小说一样，自己去悟吧！"

丁一听后，若有所思地点着头。

从此，丁一逢人讲话或写创作谈时，再不提过去的那段经历了。

后来，丁一在填写一纸表格时，他把在小镇的那段经历填写了上去。

读毕之后，丁一拿着表格横看竖看，忽觉不对，便急着找来涂改笔，把那段"赶过车，下过矿井，炸过麻花，做过冰棍"的经历从表格中抹了去。

一个人的经历真的能这么轻易地抹去吗？

我读我悟

我的名字叫袁炳发

我的名字叫袁炳发，是国内一名写小小说的作家，获过几次大奖，因此，被人称为前卫小小说作家。

因此缘故，本市的一家文学杂志主编，为了提升他们杂志的人气指数，邀请我做他们杂志的小小说栏目主持人。

谈此事时，这位主编通过我的一位朋友找到我。

主编是在酒店安排我和这位朋友的。

我老婆曾经说过我，喝完二两酒后，天大的事都敢答应！

我就是在那天和主编喝完二两酒后，开始“啪啪”地拍着胸脯子，说：“大哥，放心，你的事业就是我的事业，这个栏目还真得非我莫属！”

朋友也在一旁附和着：“是啊，发哥为人仗义，这活儿还真就得他干！”

主编喝了一口酒后，说：“当然，我选人如果有错，那还是主编的水平嘛！”

然后，我们三个人开始咣、咣碰杯。

碰了几杯后，我便醉得一塌糊涂了……

第二天酒醒后，我就开始后悔答应那个主编了。其实我也很忙，忙工作，忙写作，还忙应酬。从时间上来讲，我根本无暇顾及他的那个小小说栏目。

但言出必践，既然答应了，就得好好给人家工作，而且还要工作好，这是我的性格。

杂志社发了小小说栏目由袁炳发主持的启事后，全国的小小说作者都慕名给我的电子邮箱发来小小说，而且每天来稿的数量令我目不暇接。

就在我每天忙着编辑这些电子稿件的时候，编辑部转给了我一封手写邮寄来的稿件。

这让我惊诧不已，现在全国电子邮件满天飞，而这个作者却顽固地、沿袭着古老的邮寄方式，这不能不引起了我对这封信的格外注意。

我立即拆封，阅读稿件。

更让我惊诧的是，这篇小小说的题目竟是《我的名字叫袁炳发》。

哼，小儿科！把我的名字用在作品的题目上，无非是想讨好我，让我把他的作品编发了。

略一思索后，我决定先看作品再说。

看完作品，我眼球大亮，这篇小小说堪称近年来国内少有的佳作。

于是，我立即编辑。一个月后作品面世。

后来，出乎我的意料，这篇小小说获了该年度的全国小小说优秀作品奖。

获奖之后，编辑部每天都收到大量的读者来信。信的内容基本一致：《我的名字叫袁炳发》是一篇抄袭来的小小说。而更具讽刺意味的是，原作者就是该篇获奖小说的责任编辑袁炳发。

我恍然大悟，突然想起几年以前，我确实以自己的名字命题，写过这篇《我的名字叫袁炳发》的小小说。

但让我想不明白的是，在当时我编辑这篇小小说的时候，我怎么竟然没有发现作者是抄袭我本人的小小说呢！

之后很久，直到现在，我仍然想不明白。

我读我悟

狗不叫时

旭辉家养了一条狗。

这狗挺凶，旭辉怕狗伤人，就弄了条铁链把狗锈在房角处，活动范围不足一米之远。

我和旭辉很哥儿们，很哥儿们就免不了常到一起坐一坐，侃一侃。

我到旭辉家时，从来都是推门而入，不惧狗的狂叫，每次都挺伟岸地从狗的面前走过。

这狗看到我对它如此的不屑一顾，就气得龇牙咧嘴，向我扑而又扑，但最终还是动不了我一根毫毛，因为它被主人牢牢地锈着。

我就对旭辉戏谑道："你老兄也太惨无人道，这狗总这么锈着，长此以往非得狗性皆无。"

旭辉听后，笑笑，说："看来，你对狗还不了解，君不知江山易改，'狗'性难移吗？只要是狗，即使锈它十年，一旦松开它还会咬人，这一点谁也不会怀疑。"

一日，旭辉的独生子陈兵在玩耍时不慎，把小腿摔成粉碎性骨折。

我和妻尽朋友之谊，前往探问，行至旭辉的家门口时，我又像以往那样推门而入，刚行几步，我突然觉得情况不对，每天来旭辉家，总是门响狗叫，可今天狗为什么没叫呢？

想到此，我就立即很果断地对妻下命令："撤！"

就躬着身，脚步轻轻，回头回脑地护着妻撤出了门外。

站在门外，我就双手很响地拍门。这时，狗仍然未叫。

旭辉听得门响，忙迎出门外。

我问旭辉："狗咋不叫了呢？"

旭辉答："病了。"

走进院子时，我看那狗果真病态十足地蜷缩在墙角处。

进得屋内，旭辉像突然想起什么似的，对我说："怪呀！每次狗叫得凶时，你都浑身是胆雄赳赳地走进院来，这次狗不叫了，你倒老鼠见到猫般胆怯了，真男子汉呀！"

我听后，也笑笑，说："看来，你在掌握人的心态方面不如我。君不知明枪好躲，暗箭难防吗？不叫的狗最会偷着下口，说不上会从哪儿扑上来，叫你防不胜防。"

旭辉听后，笑道："你小子真鬼精！"

我说："得此大悟，应该感谢你这条狗啊！"

后来，再到养狗的朋友家做客时，我最惧的就是狗不叫时……

我读我悟

柳村的老祖宗

柳村地处偏僻的七里湾北部的一个不惹眼的角落，是一个山高皇帝远的地方。

柳奶今年八十二岁，在村里从未当过村长但胜过村长。多少年来，柳奶一直以这样的威信，支撑着柳村的这一方天空。

无疑，柳奶算是柳村的老祖宗这一阶层的权贵人物了。

八十二岁的柳奶，身体特别硬朗，眼不花，耳不聋。柳奶还特别得干净利落，身上穿的衣服从来未见脏过，头上的发髻，盘得从来都是一丝不乱，又圆又紧又耐看。

柳奶见到村里的哪家的媳妇邋遢时，就斥责几句，说：“这么不利索，死了也是个‘邋遢鬼’！”

被斥责的媳妇听后，就笑着看柳奶，也笑着对柳奶说：“老祖宗别生气，俺一定要改掉这个邋遢的坏毛病。”

柳奶听后方满意地走了。

说也怪，不知是柳奶自己的干净影响着村里人，还是柳奶的权威起了作用，柳村的姑娘、小伙子、媳妇、汉子，平日里都把自己侍弄得干干净净。

柳村人宁可从嘴上少得一口，也要让自己穿得体面一些。

柳村人的婚丧嫁娶，房屋改造，甚或生儿育女爹死娘嫁人的事情，都要找柳奶来商量定夺。比如柳村张家老娘死，张家的儿子就由村长带着，到柳奶家来请柳奶。

进屋见了柳奶，张家的长子就跪下给柳奶叩了两个头，然后说，：“老祖宗，俺娘昨晚过世了，请您去给看个时间下葬。”

这时柳奶便下炕，收拾一下穿戴，手里拿着铜杆大烟袋，随张家长子走了。

进张家，先坐在炕头上，然后别人给装上一袋烟，吧嗒……吧嗒几口烟后，柳奶便开始摆弄指头了，摆弄一会儿后，说："就明天日出卯时吧！"

事情就这么定了。

再比如柳村李家嫁女，李家掌柜的就要揣上糖块来柳家，递上，然后说："老祖宗，俺大丫头明天出嫁，您看多少人送亲好？"

柳奶想了想后，就说："按照规矩办，去单不去双，就去十九人吧！"

这事就又这么定了。

谁也不知道，柳奶在村里人心目中的威信怎么就这么高？这好像是个谜……

一天，柳奶的独苗孙子大宝，把村里的二虎的媳妇给搞了。

二虎对此事不容。二虎就找到柳奶，对柳奶说："老祖宗，你看这事咋办吧？"

柳奶听后，一下就气昏过去了。

柳奶自三十岁时守寡，一直守着儿子过了几十年，守得干干净净，一尘不染。因此，柳奶这一生最痛恨男女之间做风流事的人。

对做风流事的人，柳奶是定了村规的。男人打七十的大板，必须打得皮开肉绽，女人罚去村里磨房推七十天磨。做完这些后，再把这一对男女驱逐到村外，到别处落脚去，免得玷污村里的圣洁。

以前有犯过这方面村规的男女，被罚之后，无一例外都被驱逐到村外。

柳奶醒来后，村长、麻叔等一些上岁数的人都站在柳奶面前。

村长看一眼一旁的二虎，问柳奶："老祖宗，你看……大宝的事……得按村规办吧？"

柳奶面露一脸难看的神色说："哎，免了吧！"

大家听后一时语呆，二虎气得一跺脚跑了。

后来，二虎找到村长，愤愤地说："老祖宗是老祖宗，可办的事不像老祖宗办的事！"

村长听后，急了脸，说："二虎，莫瞎说。老祖宗咋的？老祖宗也是人啊……"

柳奶八十四这一年，应验了一句俗话：八十四，阎王不叫自己去。

柳奶因病去世。

据说，柳奶死时说过这样的话："我这一走，柳村就没了老祖宗，柳村人今后的日子可咋过呀！"

马大哭

马大哭是苇子沟的豆腐匠。

马大哭的豆腐做得好，块大、香且又鲜嫩，即使买回来隔夜再吃，豆腐的“嫩头儿”仍在。

这是马大哭豆腐的一绝。

马大哭的脸总阴沉着，遇到不顺或烦心的事，马大哭就能像小孩子一般，坐在那儿呜呜大哭。一哭就是个把小时，直到眼睛哭肿了，泪水哭干了方能罢休。

苇子沟上年纪的人说：“那小子从小就爱咧咧地哭，长大了还是这个熊样！”

可见，马大哭的哭是有年头的了。

最能叫人领略马大哭的“大哭”，是马大哭的媳妇死那会儿。

马大哭的媳妇在前一天夜里，因一件不大不小的事情和马大哭吵了起来，被马大哭打了两嘴巴。

第二天，马大哭去卖豆腐，媳妇在家就喝了点豆腐用的卤水。

马大哭回来后，见媳妇的身子都已僵硬了。马大哭就坐在地上哭，趴在媳妇的尸体上哭，哭了三天三夜，哭得昏天昏地……

出殡那天，马大哭从家里一直哭到墓地，又从墓地哭回到家。

当时，胆小的女人被马大哭哭得心里发毛，说：“没见过男人这个哭法呀！”

后来，马大哭找了寡妇翠红，做了自己的第二房媳妇。

娶翠红那天，马大哭可能是触景伤情，想起了先故的媳妇，就又嚎啕大哭起来。

翠红是个性情泼辣的女人，指着马大哭的脑门说：“马大哭，你能哭这是苇子沟的人都知道的，但能哭也得讲个时候呀！我问你，这是丧事呀还是喜事?”

翠红的几句话，把马大哭戗得不哭了。

不久，发生战事，苇子沟住进了穿黄衣黄裤的日本兵。

日本兵也好吃马大哭的豆腐，每天都来吃。

一天，几个日本兵来吃豆腐，当时马大哭出去卖豆腐，翠红出来应付日本兵。

日本兵见翠红就像猫见鱼。

日本兵围住了翠红，在翠红的身上乱摸乱捏。

翠红想挣脱却难以挣脱。

几个日本兵就把翠红给轮奸了……

马大哭回来后，见媳妇翠红躺在炕上一动不动，两眼直直地望着一个地方。

马大哭问发生了什么事。

翠红就哭着把事情说了。

马大哭听后，就又一下坐在地上大哭起来。

苇子沟的人知道这事后，就都说：“马大哭就有哭的能耐，他能把日本人咋的?”

马大哭听人这样议论他，便默不作声地走开。

几天后，六七个日本兵一起死在了马大哭的豆腐铺里。

马大哭给豆腐里面放了毒。

马大哭在此之前，已经把媳妇翠红安排走了，当自己要逃时，却被日本人给抓住了。

日本人给马大哭点了“天灯”。

点“天灯”那天，苇子沟的好多人都看见了。

看见的人回来说：马大哭被点“天灯”的那会儿哈哈大笑。

有人就说：这是马大哭有生以来的第一次大笑……

我读我悟

刘小脚

这是爷爷讲过的一个故事。

那时，日军已占据了县城。

刘小脚在县城的“裕生堂”，给王爷跑事。

刘小脚自小失去爹娘，是吃百家饭混大的。十六岁后，就到“裕生堂”的王爷手下，给王爷跑起事来。

刘小脚已经十八岁了，个子长得矮不说，单说那双脚就小得特别出奇，比正常人的脚小了一半，跟八岁娃娃似的。

故此，人们就都叫他刘小脚。

因为脚小，刘小脚走路的姿势就和企鹅似的，一蹦一蹦，看着挺好笑的。

刘小脚给王爷跑事，主要是在县城内跑。王爷交往阶层里的人，谁家婚丧嫁娶，谁家老爷的生日，都由刘小脚随王爷前往，再由刘小脚去“押宝”的房里奉上银两。

王爷给日本人送礼，也带着刘小脚去。

再就是王爷自家有事，挨家送帖子的事，也由刘小脚一个人做。

刘小脚的脚虽小，但人却很勤快。如遇到当天没有跑差的事情时，刘小脚就不用王爷吩咐，去后院帮雇工劈柴担水。

王爷见后，就露一脸的笑颜，拍着刘小脚的肩说：“小脚，好好干，王爷不会亏待你的！”

王爷还说：“小脚，等过几年，王爷帮你讨个老婆。”

这时的刘小脚，就女人似的羞着脸低下头……

不知从哪一天，刘小脚发现王爷家经常来一个他不认识的陌生人。

陌生人每次来都神色诡秘，和王爷在客室里谈着什么。

开始，刘小脚没太注意这个陌生人。

后来刘小脚注意起这个陌生人，是因为这个人的行动怪异。

一天傍晚时，陌生人匆匆而来，好像有急事找王爷。

见到王爷，便和王爷走进客室。

刘小脚就躲到客室的窗前，偷听陌生人和王爷的谈话。

陌生人说："苇子沟抗日大队，明天起配合珠河游击队攻打陈庄的鬼子据点。大队现在已经出发，今晚儿夜宿驼腰岭。我们把这情报告诉日本人，叫日本人派兵去包围驼腰岭，趁抗日大队熟睡之际一举歼灭。这回，你我就发大财喽！"

王爷问："这情报准确吗？"

陌生人说："我敢拿脑袋担保！"

"好！"王爷站起，和那陌生人匆匆离去，向日本人报告去了。

刘小脚就想：王爷真怪，不帮自己人，却帮起日本人来了！

刘小脚又想：王爷怪，我可不怪，我要帮自己人。

刘小脚回屋穿上短褂，走出王爷的宅院后，便快步如飞地奔往驼腰岭的方向跑起来。

刘小脚要抢在日本人赶到之前，把日本人要歼灭抗日大队的消息，报告给抗日大队。

刘小脚的两只小脚，在公路上如车轮般快速地飞转着。

刘小脚跑到后来，就不是跑了，如脚下生风，神助似的，竟然在公路上好像飘飞起来……

一个半小时的时间，刘小脚跑完了三十多公里的路，把消息报告给抗日大队队长。

抗日大队就迅速转移了夜宿的地点，使日本鬼子赶到驼腰岭时扑了一场空。

据说，那天夜里刘小脚的一双小脚，跑得比那日本人的汽车轮子还提前了二十分钟。

从那以后，刘小脚就留在了抗日大队，当了一名交通员。

当时，刘小脚夜跑驼腰岭报信成为美谈，在苇子沟的老百姓中传颂。

故事讲完后，我曾对爷爷说："一双小的出奇的脚，竟能赛过日本人的汽车轮子，这事真神奇！"

爷爷说："那都是叫日本人给逼的。抗日那会儿，什么样的神奇事情都能发生。"

我说："这我相信。"

枪　手

枪手原来不叫枪手。

后来叫枪手，是因为他练就了一手好枪法。他的枪法很准，苇子沟方圆几百里的人都知晓。

空中的鸟儿无论怎样飞翔，只要他的手枪空中一甩，便是枪响鸟亡。

如果他用枪打人，那更是要打你鼻子，就绝对挨不上眼睛，想打你眼睛，就挨不上鼻子。

为此，他得到一个枪手的称谓。

他何以能练就如此的枪法？说来有一段悲怆的故事。

那时，他正踌躇满志在县城的国立一中求学，日本鬼子突然在某一天占据了这个县城，县城就成了穿黄衣黄裤的日本人的天下。

当他慌慌地跑回家时，家里的情景令他惊呆或者怒火涌上心头了。

与他相依为命的姐姐，被日本鬼子奸杀，倒在血泊之中。

他立在姐姐的尸体前，握紧拳头，牙齿咬破了唇，殷红的血就从嘴角流出。

他发誓：一定要为姐姐报仇！

当天夜里，他用菜刀砍了两个深夜从酒馆里出来的日本兵，拿了枪，连夜逃往苇子沟，在苇子沟做起了胡子头儿。

他招兵买马，杀富济贫，队伍日益壮大。他带领壮大后的队伍，和日本鬼子刀对刀，枪对枪地干。

一次，和日本鬼子发生了激烈的枪战。苇子沟的卧虎岭血流成河。“砰！”一颗子弹将他的得力助手虎子射倒。他抬眼望去，见这一枪是日军的一名军官打来的。他就抡起二十响的匣子枪，朝那指挥官射去。可惜，子弹射偏，没有击中那名指挥官。

指挥官带着兵们逃了……

他就想：没有好的枪法，是无法为姐姐和死去的弟兄们复仇的。

从此，他就夏练酷暑，冬练严寒，几年下来，就成为一名弹无虚发的枪手。

现在，枪手已是苇子沟抗日联合大队第二分队的队长了。

一天，枪手接受抗日联合大队队长交给他的一项特殊任务。

队长很严肃地对他说："此次派你进城，是让你除掉一个女叛徒。这个女叛徒一天不除掉，我们的损失就是不可估量的，因为她掌握苇子沟很多地下工作人员的情况。"

最后，队长握着他的手说："为什么派你去？因为你是枪手！"

枪手就说："队长放心，我一定完成任务！"

枪手装扮成进城卖苇子的农夫，进了城里。枪手守候在戏院门前的不远处，等待女叛徒的到来。

内线情报说：女叛徒今天上午要看一场戏。

戏院门前人来人往，枪手在等待着。

不一会儿，城里的地下工作人员低声告诉他，女叛徒来了。

女叛徒是被一伙人前呼后拥着走过来的。

待女叛徒走近时，枪手大吃一惊。他怎么也不会想到，女叛徒竟是他在县城读国立一中时的恋人。

面对昔日的恋人，他拿枪的手开始颤抖。

怎么办？怎么办？犹豫之中他的枪不由自主地响了，但随枪声倒下的并不是女叛徒，而是女叛徒身边的一个人。

女叛徒立即被人保护起来，拥进戏院。

慌乱之中，枪手逃出城。

见到大队长，枪手说："我没有击毙女叛徒。"

大队长惊讶，问："为什么？"

枪手隐瞒了实情，说："我的枪失去了准头。"

大队长想想后，说："这也难怪，枪手也不一定就没有失误的时候。"

听队长这样说，枪手的心就宽慰了许多。

枪手的心后来开始沉重起来，是因为苇子沟地下交通站被破坏，我地下工作人员连续遭到枪杀。

枪手就很内疚，一直无法原谅自己的那一次过失。

后来，枪手突然失踪。

多日之后的一个清晨，人们看到了那个女叛徒的人头，被悬挂在县城的城门上。

女叛徒是被枪击毙的，子弹是从女叛徒的右眼射进去的。

看到的人就都说：谁也不会有这么准的枪法，只有枪手！

从此，人们再也没有看到枪手的踪迹，只是在每年的清明节时，准会有几个为日本人干事的汉奸人头，被悬挂在城门上。

汉奸们一律是被枪击毙的，而子弹也一律都是从右眼射进去的。

于是，人们就又都说，这么准的枪法只有枪手！

我读我悟

青苹果味道

教育诗

方娅的父亲是位作家。

在方娅很小的时候，父亲就常给她买各种儿童文学书籍，其意是想培养女儿对文字产生兴趣。

父亲希望女儿长大后也能成为一名作家。

但方娅并不买父亲的账，什么安徒生、伊索、格林都被方娅弃之一旁，令方娅感兴趣的倒是书中那一页页的插画。

于是，方娅一有空闲，就拿着笔临摹书中的每一页插画。

一天，方娅把一幅自己画的唐僧师徒四人取经的画拿给父亲看。

父亲看后甚惊，方娅还真的把师徒四人那“敢问路在何方”的味道在笔下给描绘了出来。

这不得不叫父亲正目凝视方娅了。

父亲也不得不认真地问方娅：“方娅，你长大后想要做什么？”

只有七岁的方娅几乎不假思索地回答：“爸爸，我要当画家！”

父亲听后点点头，没再言语。

从此，父亲就不加约束地任方娅的兴趣自由地发展。

一晃儿，几年过去，方娅高中毕业，考入了一所艺术院校的动画设计专业。

记得是在方娅大二那年的夏天，方娅暑假回家。父亲发现女儿有两个晚上都在电脑前敲到深夜。

父亲还发现，女儿敲出的是一行行文字。

之后的一天中午，女儿把父亲请到电脑前，说：“爸爸，我写了一篇小说，您给指点一下。”

父亲用疑惑的眼神看了看方娅，然后坐在电脑前读起来。

父亲一气呵成就把女儿的这篇一万多字的小说读完。

读后，父亲再次震惊。凭感觉，第一次写小说的女儿出手不凡。

父亲就把这篇小说拿到了省作协的《阳光文学》主编那里。

不久，方娅的小说处女作就在《阳光文学》发表了。

三个月后，女儿方娅再次看到父亲时，问父亲："爸爸，我的那篇小说的稿费还没来呀？都三个多月了。"

父亲听后，稍怔了一下，然后对女儿说："看，我这一忙都忘了，稿费我早就领了回来。"

说完，父亲从钱夹里掏出钱递给女儿，说："给，稿费，五百元。"

女儿接过钱，说："呀！这么多，看来我还得继续写。"想了想，又把钱递给父亲说："爸爸，这钱我不要了，您爱喝酒，就用这钱买几瓶好酒吧，算我孝敬您了!"

父亲把钱推了过来，说："方娅，爸爸谢谢你的孝心，但是这钱我不能要，这是你的劳动，而且又是你的第一笔稿费。"

方娅便不再推脱……

转年，莺飞草绿的春天，方娅也许是因为那五百元稿费的动力，一口气写完了三部中篇小说交给了父亲。

果然，方娅说："爸爸，我想赚稿费，大学毕业后想开一个制作动画的公司。"

父亲点点头后，就开始读女儿的小说。

当父亲用了几个晚上，把女儿的小说读完之后，便按捺不住内心的激动，当即就把这三部小说分别投给了国内三家有影响的大型文学期刊。

后来，这三部小说有两篇被发表，其中一篇《带着龟龟去流浪》是以头题发表的。

再后来，《带着龟龟去流浪》被国内权威文学选刊转载，后又被评上该年度的中篇小说排行榜，引来文坛一阵震动，方娅也由此名声大噪。

一次，方娅应邀参加省作协举办的文学创作座谈会。

这次会议，方娅的父亲也来了，就坐在方娅的对面。

发言时，《阳光文学》主编的话，让方娅从内心深处很真实地体验了对父亲的那一份感动。

主编说："方娅取得的创作成绩，是我省文学界的骄傲。方娅的处女作是在我们杂志发表的，但说来很惭愧，由于诸多原因，方娅这篇小说的稿费我们至今还欠着呢……"

听此，方娅的心里一颤。

方娅抬起头向父亲看去，父亲似孩子一样地迅速低下头。

方娅一下恍然大悟。

那一刻，方娅比任何时候都读懂了父亲。

方娅的双眼潮湿了。

方娅再抬头看父亲时，父亲正面对着她微笑。

那笑容灿烂如花。

我读我悟

告 诫

老柳算个什么人物呢？说一说就知道了。

旧社会，老柳在苇子沟倒过盐，卖过粮，闯过烟花，走过柳巷，抽过大烟，混过政界。

解放前的这些经历，就成了老柳解放后对人说话拍胸脯子的资本。老柳对人说话时就拍着他那不算丰满的胸脯，说：“我老柳在旧社会啥场面都见过！什么人物都接触过！”

就有人敬仰老柳阅历丰富是个十足的社会上的“老油条”。

老柳有四个儿子，在每个儿子长大成人去社会闯荡之初，老柳都要极认真地把儿子叫到面前，以自己丰富的人生经验，苦口婆心地极负责地对儿子告诫一番，社会上的路应该如何如何走。

大学毕业的老四，在即将踏上辉煌的旅程去另一个城市里工作时，老柳就照例把老四叫到面前，郑重其事地对老四说：“四儿，明天就要出山了，一个没有真功夫的人，是很难承受社会上的大风大浪的。”

老柳说此，停住，掏出一支烟，燃着。老柳苦着脸，神情极哀伤的样子，说：“四儿，你三个哥哥出山之前，我都对他们告诫一番，他们听我的话在社会上就没有栽大跟头。你呢，我也如此，这是为父的责任。记住，在社会上混必须自己强迫自己多长个心眼，凡事宁可信其无，也不信其有。吹嘘自己有钱的人，他准是个穷光蛋，众人前哭穷的人，他准是个富翁。酒桌上说自己酒量高的人，其实他喝不了多少；说自己不能喝酒的人，往往还真能喝几下子。去吧！”

“嗯。”老四低头若有所思地走出父亲的房间。

老四在另一个城市工作半年之后，请假归家。当晚，在父亲的床前，老四坐在木椅上，对父亲说：“爸，通过我半年来的工作，事情并不像您半年前告诫我的那样，喊富不富，喊穷不穷呀！这是怎么回事呀！”

老柳听后，皱下眉，说：“四儿，这就更对了，记住，自己父亲的话有时也是不可靠的，这是为父又一次对你的告诫。”

老四听后，站起，说：“爸，您别讲了，做儿的记住您的告诫了！”

说完，老四就带着一双泪眼，默默地走出父亲老柳的房间。

我读我悟

爱情的背影在春天远去

政法大学毕业不久，我便应聘到这个城市的一家法制杂志社，做了一名跑法制的记者。

记得到这家杂志社报到的第二天下午三点四十分左右，记者部的新闻热线打进一个电话。

我拿起电话的听筒："喂，您好！这里是《说法》杂志社的新闻热线，有事请讲。"

对方是一名女性，听声音好像是一个女孩。

她说："我有一个很大的事，也是我家里的事，这件事如果对你讲出来，大概能上《焦点访谈》。"

我说："请讲。"

对方迟疑一下，说："这件事不是一句话两句话就能讲清楚的。这样吧，如果不打扰的话，今晚我们在'那时花开'酒吧见，可以吗？"

我也迟疑一下，想了想今晚没有其他应酬后，便回答她："好的。几点见面？"

对方想了想："五点半下班，就定到六点吧。"

我说："好的。"

对方说："好，不见不散。六点在酒吧门口见。我叫陆小曼，穿一件红风衣。"

六点整，我在酒吧门口下了出租车。

门口处，一个穿红风衣的女孩伫立在秋风的冷瑟之中。

我径自走向红风衣女孩，自我介绍说："您好，我是《说法》杂志社的记者，叫袁。"

红风衣女孩说："您好，我就是陆小曼。"

走入酒吧，我们选择了一个靠窗的位置坐下。陆小曼点了两杯椰香奶茶，还有两份俄式牛柳饭。

陆小曼买完单之后，说："我喜欢这样的吃饭方式，简单。"

然后她又问："想喝酒吗？"

我说："谢谢，我不会喝酒。"

在等待奶茶和牛柳饭上来之前，我认真并且很仔细地看了一眼陆小曼。

陆小曼是一个很漂亮的女孩。

饭毕，陆小曼嘻嘻一笑，说："我现在读大三，学中文的，明年的春天就毕业了。"

陆小曼喝了一口奶茶，嘻嘻一笑，又说："我是从农村考上来的，很不容易。"

我说："我也是从农村考上来的，确切地说我就是农民的儿子。"

陆小曼听后又嘻嘻一笑，说："农民的儿子应该替农民说话。这里，我向你说一说我父亲的事情。"

陆小曼（可能是习惯）又嘻嘻一笑，说："我父亲是乡村的党支部书记，人称陆书记。应该说我父亲这人品质很好，时时刻刻想着带领农民奔小康。只是占用了一点公款，可那也是无奈的呀！我上大学用钱，我妈瘫痪在床治病用钱，我大哥离婚后孩子的抚养费也得我父亲支出。"

说着时，陆小曼的语调变得低沉起来。

然后，我发现陆小曼掏出手帕擦了一下双眼。

沉默了一会儿，陆小曼又嘻嘻一笑说："对不起，说起父亲，我就控制不住想哭。"

陆小曼用手拢了一下并不算茂密的头发，说："我父亲有一次来城里看我，我去车站接他。接到后，在车站的出口处，父亲挥手叫了一辆出租车。我告诉父亲，不用叫车，坐公共汽车二元钱就到学校了。父亲眼一瞪说，孩子，只要我来城里，我就不想让你多走一步，平时学习就够累的了，我大小也叫个陆书记呀！"

陆小曼有些说不下去了，小声地哽咽起来。

停止哭声之后，陆小曼说："父亲回去时，我在校门口给父亲叫了一辆出租车，父亲上车后，出租车就开走了。但没等我转身离去之时，父亲却从出租车内走了下来。父亲下了出租车之后，一直向前走着，我在后面跟踪着。我发现父亲一路打听着步行到火车站。望着父亲的背影，我哭了。一下子恍然大悟，父亲是为了节省那十几元的出租车费呀！"

陆小曼手抵额头，沉思了一下又说："这次父亲犯事，是因为他糊里糊涂地中了别人设下的圈套。我父亲得罪了一个人，这个人就报复父亲。他请父亲喝酒，把父亲灌醉之后，就把他送到村里的冯寡妇家中。到了冯寡妇家之后，父亲误以为回到了自己家，便呼呼大睡。

"清晨，那个人按照约定的时间，带着几个人来到了冯寡妇家的门口。冯寡妇大喊大叫，说我父亲强奸了她。父亲便被带到了派出所。接下来便是取证、拘留。后因证据不足，父亲被放了出来。被放出来的父亲，心里憋着一口气，从此一病不起。其间，我回去过一次。父亲抓着我的手，看了我很久以后说，孩子，你应该相信爹，我能对得住你妈，你应该找他们给我赔礼道歉，不然我死不瞑目。"

听完陆小曼的叙述之后，我感觉到陆小曼的父亲确实是受了冤枉。

我答应陆小曼去一次他父亲居住的乡下。

不久，我和陆小曼去了乡下。

经过交涉，设圈套的那个人和冯寡妇及相关人员，向陆小曼的父亲道了歉。

从乡下回城时，坐在车上，陆小曼的手一直紧紧地抓着我。

陆小曼嘻嘻一笑说："谢谢你，给我父亲平反了。"

陆小曼说这话时，眼里含着泪。

我有些冲动，使劲地握了握陆小曼的手。说实话，我有些爱上了陆小曼，为她的单纯、善良、透明。

回到城里以后，我和陆小曼经常约会。

我和陆小曼相爱了。

在一次接吻时，她哭了。她说："你是我一生的爱人。"

…………

转年的春天，陆小曼和我的联系突然减少了。

我给她打电话，她说："最近烦死了，快毕业了，我还要找工作，以后少给我打电话。"

放下电话，站在春日的暖阳下，我心里却有不好受的滋味涌上心头。

我再没有给陆小曼打过一次电话。而后我和陆小曼的邂逅，是在一家酒店。

那天，来了一位南方的朋友。我带南方的朋友到酒店吃饭。进了门，刚刚落座，我便在这家酒店靠窗的一角看到了陆小曼。我发现坐在陆小曼对面的是一个中年男人。我还发现这个中年男人座位的旁边立着一双钢质的拐杖。

这时，陆小曼也发现了我，她很明显地把头低了下来。

不一会儿，陆小曼扶着那个拄着双拐的中年男人离开了这家酒店。

望着陆小曼走去的背影时，我发现她的背影显得有些支离破碎。

酒店窗外春天的阳光很浓，但陆小曼却忧郁着一张脸隔窗回头看了我一眼。

那一眼看得我很揪心。

不日，陆小曼给我的手机发来一短信：那天你在酒店里看到的那个瘸男人，很有钱，他能出钱帮我在这城市买到一个在政府工作的职位。

读这则短信时，这个城市里春天的阳光正漫进我居住的房间内。

这是一个很糟糕的春天呀！

我读我悟

一个阳光明媚的早晨

一个阳光明媚的早晨，秀秀起床后，简单地洗漱一下，换上运动服和运动鞋后，就到外环路上晨跑去了。

秀秀每天都坚持晨跑锻炼，已经两年了。

两年中，秀秀从未因刮风下雨而间断过每天的晨跑。

秀秀不是一个头脑简单的小女孩，秀秀自己有好多好多理想。

秀秀渴望自己长大后，当一名女科学家或者女数学家再或者女作家。

但是，如果自己没有一副强健的身体，那么，当什么家都将成为泡影。

于是，秀秀就特别注重自己身体的锻炼。

现在，秀秀的身体素质，在全班学生当中是数一数二的。

秀秀在早晨温暖阳光的沐浴下，从外环路的终点向回跑着。

桔色的阳光，水一样漫到外环路上。身穿一套红色运动服的秀秀，如一只燕子，在早晨桔色的阳光里，轻快自如地飞动着……

在跑到一个街口时，秀秀看到一位盲人奶奶，拄着拐从路的南侧，一点一点地向路的北侧挪来。

秀秀就停住了跑动的脚步，走到盲人奶奶面前，把盲人奶奶扶过了人行横道。

望着盲人奶奶渐走渐远的背影，秀秀又突然想：自己长大后，一定要当一名眼科医生，为世上的盲人驱走黑暗，送去光明。

在这个阳光很好的早晨，秀秀有了长大当眼科医生的想法后，心里就充满了一种不可名状的激动。

带着这种激动，秀秀就又继续向前跑着。

不一会儿，秀秀跑到了自己家的门前。

当秀秀刚要伸手推门走进自家时，秀秀的心却突然沉了一下，双腿就如被铅灌一般迈不动了。

因为在秀秀伸手要推门时，秀秀突然想起爸爸妈妈今天要到法院离婚的事情来。

昨天晚上，爸爸和妈妈又吵起来。这次，爸爸比任何一次都吵得凶，红着眼珠子骂妈妈。

妈妈坐在那里不还嘴，只一个劲儿地低头哭。

秀秀不知道爸爸和妈妈究竟为什么总是没完没了地打架、吵架。

秀秀更不知道，妈妈为什么常常深夜不寐，坐在那里呆得像个木头人一般。

终于有一天，秀秀知道了。

那天夜里，秀秀发现妈妈在客厅里睡着了，手里拿着一本发黄的相册，秀秀轻轻地从妈妈手上取下相册翻开，方发现整本相册仅有一张照片，那是妈妈做姑娘时，和一名年轻军官的合影。

秀秀明白了，照片上的军官，一定是妈妈年轻时代的恋人。

照片上的妈妈很年轻，笑得也很开心。她紧紧地靠在年轻军官宽厚的肩头上，仿佛依靠着一座山。

原来，在妈妈心底的深处，仍然顽强地保存着另一个世界，那是个异常遥远、亲切、褪色后仍散发强烈诱惑的世界。

秀秀有时是挺同情妈妈的。

秀秀在自家门前徘徊着。

最后，秀秀终未推门。秀秀又掉头转向街南的学校走去。

秀秀不敢在家里，她害怕亲眼看到爸爸妈妈去法院离婚双双在她面前走过的那种痛苦的场面。

秀秀走着，想着。

秀秀在过人行横道时，就被一辆迎面来的货车撞倒……

十二岁的秀秀，死在一个阳光明媚的早晨。

我读我悟

爱情在冬天光顾了我

北方的冬天说来就来。

昨天的路上还看见从树上落下的叶子，而今天早晨推开屋门，门外便是一片茫茫雪野了。

我知道，又一个冬天来了。爱情就在这一年的冬天光顾了我。

在寒风凛冽、零下三十摄氏度的一个大雪飘飞的日子里，我结识了一个叫冬冬的女孩。结识的过程以及结识以后还有许多过程，我都省略不叙述了。总之，我和这个叫冬冬的女孩相爱了。

一天，大雪刚停下，我就接到冬冬打来的电话。

冬冬叫我陪她去医院看一个病人。

放下电话，我找了冬冬，和她一起去了医院。

到了医院的病房里，冬冬径直把我领到一张床前。床上平直地躺着一个面色如白纸一样的女孩。

冬冬平静地对我说："她是我妹妹，叫雪雪。"

听完冬冬的介绍，我就看躺在床上的雪雪。此时的雪雪，眼睛直直地看着天棚。

冬冬近前，俯下身对雪雪指着我说："雪雪，你看谁来了？"

从雪雪的面部表情看，雪雪似乎没有听见，眼睛依然直直地看着天棚。

冬冬就长叹一声，坐在床边上……

从医院出来后，我就问冬冬："雪雪患的是什么病？"

冬冬说："我不想说。"

我便不再问。

我和冬冬第二次看雪雪时，冬冬又俯下身子，指着我对雪雪说："雪雪，你看谁来了？"

雪雪的面部表情依然没有反应，眼睛依然直直地看着天棚。

第三次和冬冬去看雪雪时，冬冬又俯下身子，指着我对雪雪说："雪雪，你看谁来了？"

这次，雪雪好像听见了。她转过头来静静地看我，突然很急切地抓住我的手，喊一声："明哥。"

然后就伏在我的胸前哭泣不止。

这时，我发现冬冬的脸上有着很愉快的笑容。

雪雪仍在哭，我莫名其妙地用眼神询问冬冬，雪雪怎么叫我明哥？

冬冬也用眼神告诉我：别出声。

就这样挺着，任雪雪在我的胸前哭着……

后来有一天，我突然接到冬冬的电话，电话里冬冬的声音很悲伤。

冬冬说："雪雪死了！"

听后，我无力地放下电话的听筒。

料理完雪雪的后事，我和冬冬在一天散步时，我问冬冬："雪雪到底患的是什么病？她为什么叫我明哥？"

冬冬没有回答我的问话。

天突然阴了，不一会儿，就有鹅毛般的大雪飘下来。冬冬的长发落上了一层"鹅毛"后，终于对我说："我也不知道雪雪患的是什么病，就连医生也说不清楚。雪雪原来有个男朋友，叫明，雪雪特爱明。明在一次出差中，因路见不平，被歹徒刺杀而死。明死后，雪雪日夜思念明。后来，就突然高烧不止，烧得人事不省。待雪从高烧中醒来，已是三天三夜后的事情了。醒来后的雪雪就失去了一切记忆，几乎变成了植物人一般。"

停了停后，冬冬又接着说："偶然的一天，我在街上看到你，发现你长得很像明，我就设法接近你，想让你的面孔，唤醒我妹妹沉睡的记忆，可惜，最终一切还是徒劳。"

听完冬冬的话，我一切都明白了，同时，我也明白了我和冬冬的爱情将意味着什么。

我就问冬冬："这么说，你是为了你妹妹，才爱上我的？"

冬冬点点头。

我又问："那么排除你妹妹，你还爱我吗？"

冬冬摇摇头。冬冬说："我早就有了男朋友，他在南方当兵。"

我说："咱们的故事应该结束了！"

冬冬说："你是好人，好人一生平安。"

我说："谢谢你，冬冬。"

就头也不回地走了，这时，雪停了。

爱情在冬天光顾了我，又在冬天远离了我。

唉，这个该死的冬天！

我读我悟

宣　泄

办公室的门被推开后，皮子阴沉着脸走进来。

皮子对我们说："今天我真晦气，在公共汽车上被偷了！"

我们听后，都放下手里正在忙着的业务，抬起头挺认真地看着皮子，似乎想从皮子脸色阴沉的程度，判断出皮子失窃的数目大小。

看一会儿皮子，大家就判断出，皮子失窃的数目一定很大，不然皮子的脸色不能阴沉到再不能阴沉的极限。

香蕉就问："皮子，你丢的数目一定很大吧？"

皮子并未立即回答，走到办公桌前，皱了皱眉，说："失窃的数目大小并无所谓。只是一想这事，就叫人想自杀！"

苹果听后，说："你真该去自杀，个头像电线杆似的，怎么能叫人说掏就掏了呢？真是个窝囊废！"

香蕉说："一个没用的男人！"

我说："你们就别火上浇油了。人，谁没个闪失，淹死的往往还是会水的呢！"

之后，我、香蕉、苹果就都不语，就都又埋下头处理眼前的一堆业务。

皮子呢，皮子自个儿泡上一杯茶后，慢慢地喝。

喝着，皮子说："我被掏了钱事小，我担心的是，社会治安长此以往，怎么能国泰民安？"

我等听后都未抬头，都自顾自忙着自己的事。

这期间，皮子去厕所。

皮子从厕所回来后，就又开始说："我怎么想都觉得这事有些那个。丢钱事小，我担心的是，社会治安长此以往，怎么能国泰民安？"

这时，香蕉就抬起头，皱皱眉说："皮子先生，您不是给我们几位做报

告吧？”

皮子听后，霍地站起，握紧拳头哐地砸在办公桌上，说：“我不是做报告，我是说事，我是觉得这事憋气呀！”

接着又说：“这叫什么世道，走路挨黑棒，站着被人掏，真叫我气愤万千，万千气愤。”

苹果说：“皮子，你不要万千气愤，也不要气愤万千，生活给我们光明的同时，也会给我们黑暗，这很顺应社会发展的规律，不足为奇呀！”

皮子很不信服地摇摇头，说：“不足为奇！没那个理儿，以后我就改行当警察，非整治整治这种黑暗。”

香蕉说：“皮子你嚷了半天，我们还不知道你被人掏去多少钱呢？”

我也问：“皮子，你被人掏去多少？”

皮子答：“不多，一元，衣袋里就那一元钱了。”

我们都愣了。

就都不语……

我们下班时，皮子没走，他说再坐一会儿想点事。

翌日，上班后，苹果拎过电水壶去烧水，却突然不见了电源线。

大家就找，终未找到。

苹果说：“怪了，昨天下班时我特意放桌上了。”

香蕉说：“谁最后走的？看见没？”

大家就把目光一齐射向皮子。

皮子就怯着眼神，说去上厕所，就走了。

皮子走后，我们一起笑。笑后，我们也像皮子昨天那样，往死里骂了一阵子。

我读我悟

破　碎

从我懂事起，就常听父母唠叨：“当初是因为你，而把大你三岁的姐姐送给了别人。”

我就问父母：“为什么非得是因为我，而不是因为别的什么？”

母亲的眼里涌上一层泪花，说：“那时候，闹灾荒收成不好，没有粮食，大家都挨饿。为了少一个和你争食的，保住你的命，我和你爸一商量，就把你姐姐送给了别人。”

听了母亲的话，我完完全全地明白了父母当初的“因为”，当初因为我是儿子，能延续家族，传宗接代，父母便把我留了下来。

因此，在我长大成人以后的许多个日子里，我简直是背着沉重的情感债过日子，内心里有许多对姐姐的歉疚。

我没有理由责怪父母。

既然不能责怪父母，就只有努力去找回大我三岁的姐姐了。

我问父母：“姐姐送给了谁家，你们现在还记得吗？”

爸爸说：“记得还好了。我是在车站上把你姐姐送给了外地的一对青年夫妇。”

爸爸说完，妈妈就在一旁流泪。

妈说：“当初我们的想法怎么那么愚呢？”

爸说：“就是，其实不把你姐姐送给别人，也不至于都饿死呀！”

我说：“爸妈，事情都过去三十多年了，别后那个悔了。”

我常固执地认为世上无难事，只要努力总会找到大我三岁的姐姐。因此，每次出差的时候，在车上或旅馆里，我总要对三十岁左右的女人特别留心，也特别愿意和她们闲聊。没准，兴许就能聊出许多意外的话题来。

前几天，我从外地出差回小城。在车上，坐在我对面的是一位三十多岁的女人。当女人的那双美丽的大眼睛，不经意地看了我一眼后，我的大脑神经就很特别地颤动了一下。

这个女人很文静，坐在那儿读一本书，时不时地双眼还看看车窗外。

说不清的原因，从看到这女人的第一眼后，我就对这女人感到特别的亲切。

我试探着和女人搭话。在我和这位女人聊了很多的话题以后，我就投石问路，说："大姐，您的父母真有福气，养了您这样好的女儿。"

谁知，女人听后，脸就一下阴沉起来，说："我是被父母抛弃的，到现在也不知道自己的父母是谁。"

听后，我的大脑神经就不由地又颤动了一下。我的心加速地跳动着，便急急地问："大姐，您的生父是不是姓×？"

女人看我一眼后，挺平静地说："不，我生父姓刘，叫刘一轩。关于生父，我仅知道这些。"

女人说完，就抬头静静地看着车窗外的某一处。

我的心顿时就凉下来，心中刚刚升起的那一点希望瞬间便熄灭了。

车到一个小站，女人背起她的行包，对我说："老弟，我下车了，再见！"

我点点头："再见。"

还未等女人走出车厢，我竟也背起行包下车。

女人回头看见我，就挺吃惊地问："你不是终点站下车吗？怎么在这个站下？"

我说："我也不知道为什么下车。总之，突然间有了下车的念头。"

女人听后咯咯地笑，说："你这老弟怪有意思的。"

其实，我中途下车纯粹是为了这位女人。很莫名其妙，我怎么感觉都觉得这位女人就是大我三岁的姐姐。

很快，我和这位女人并肩走出了站台。出站口的人群中，一个脸上长有络腮胡子的男人，挺着肥胖的大肚子，急急地奔我身边的这位女人走来。

近了女人前，男人打了一个响指，竟在众目睽睽之下"叭"地一声吻了这女人，还说："宝贝，可把你等来了！"

走一会儿，男人又问："你丈夫知道你上这儿来吗？"

女人说："不知道，我骗他说是到另一个城市去出差。"

男人听后就哈哈大笑。

男人和这女人勾肩搭背地走了。

我停下了。看着他们走得歪斜破碎的背影，听着他们一声又一声的怪笑，我的心顿时就酸酸楚楚的了。

我想：大我三岁的姐姐怎么也不可能是这样的一个女人呀？

不会。我在心里再一次肯定。

我读我悟

寻找红苹果

朗和晴恋爱了。

朗是男孩，晴是女孩。

晴常对朗说：“我俩有一种很深的缘，一个叫晴，一个叫朗，晴朗世界充满阳光。”

朗听后，就把晴拥进怀里，仰着头，微眯着眼，一脸痴情的样子，望着头顶那片晴朗的天空，说：“愿我们永远生活在阳光灿烂的日子里。”

晴听后，把头从朗的怀里抽出，说：“不应该只是我们，应该说愿世界上的每一个人，都永远生活在阳光灿烂的日子里。”

朗说：“对，祝愿每一个人都永远生活在阳光灿烂的日子里。”

晴听后就露出一脸灿烂的笑容，幸福地投入朗的怀里。

阳光下，朗和晴很甜蜜地相拥着……

一次，朗和晴到市郊去旅游。

朗和晴是骑自行车去的。半途中，朗和晴看到了一个小孩子，在路边的一棵很高很大的树上掏鸟蛋。

朗和晴就很急的样子，一起在树下对着树上的小孩子喊：“快下来！”

晴还喊：“这么高的树，摔下来不得了呀！”

树上的小孩子说：“摔不下去的，我天天都这样掏鸟蛋。”

小孩子没下来。

朗和晴在树下就又很急的样子。

朗突然想出了一个办法。

朗就对着树上的那小孩子又喊：“快下来，不下来我就喊你们老师来喽！”

那小孩子听后，果真就很麻利地顺着树干滑下来。

滑下树来的那孩子，对朗和晴扮一个鬼脸就跑了。

朗和晴笑着蹬上自行车，向市郊的那个旅游区驶去。

从市郊回到城市晴的家里时，已是傍晚了。

朗和晴狼吞虎咽般吃着饭。

晴的妈妈见状，就说：“看你俩吃得这么急的样子，好像一天没吃饭似的。”

埋头吃饭的晴抬起头，说：“我们真的一天没吃饭。”

晴的妈妈问：“你们带的那些熟食呢？”

朗说：“让我们送给路边讨食的乞丐了。”

晴的妈妈又问：“不会用钱买些别的吃吗？”

晴说：“我们的钱也送给乞丐了。”

晴的妈妈听后，笑着说：“你们这俩孩子，真有意思，做富翁却把自己做成了穷人……”

朗要到另外的一个城市出差。

朗向晴告别时，晴说：“你这次出差时间长，在外可别学坏，别像其他坏男孩子一样，口里吃着红苹果，眼睛还望着青苹果。”

朗说：“放心吧，你是我心中永远的红苹果。”

晴听后，就很高兴地给了朗一个长长的吻。

朗心中装着“红苹果”去出差了……

二十天后，朗从出差的那个城市归来。

归来后的朗，再也没有见到他心中的红苹果。

就在朗出差的第一天，晴上夜班，途中被一暴徒强奸后杀害。

朗悲痛欲绝，哭得死去活来。

事情过去半年后，人们见朗的情绪有些稳定，就先后给朗介绍女孩谈朋友。

朗每次都摇着头，很哀伤地说：“我心中的红苹果再也找不到了！”

一天，朗到一个公用电话亭打电话。看电话亭的是一个女孩。

叫朗惊呆的是，这个看电话的女孩长得特别像晴。说话的声音像晴，身高像晴，连女孩穿的裤子，也是晴常穿的那种带背带的裤子。

朗就使劲揉揉眼睛，再看那女孩，没错，就是晴！

但这怎么可能呢？晴走得已经很远很远了。

“晴。”想着时，朗说出了声。

女孩就回过头，问朗：“你叫我有什么事？”

朗更加惊呆，问：“你叫晴？”

女孩说："对呀，我叫晴。"

朗就兴奋地奔过来，抓着晴的手，说："晴，你叫我找得好苦呀！"

叫晴的女孩吓得直躲闪，以为遇到了神经有毛病的人。

朗又叫道："我心中的红苹果终于找到了！"

后来，朗有事无事就常到电话亭看晴。叫晴的女孩，见朗常来，对此事也就不以为然了。

朗还对人说："我的晴没死，电话亭的女孩就是晴，她永远是我心中的红苹果！"

别人听后就告诉他，说："别瞎说，电话亭的那女孩不是那个晴。"

朗不相信，一直固执地认为电话亭的那个女孩就是晴。

后来叫朗相信电话亭的那个女孩真的不是晴，是在某一天的黄昏。

那个黄昏，朗又去电话亭看那叫晴的女孩。

因为一点事情，叫晴的女孩和来打电话的一位老人吵起来。

叫晴的女孩不住嘴地骂老人，骂的话不堪入耳，把老人骂得低着头气冲冲地走了。

一旁观看的朗也走了。

朗边走边失望地想：她真的不是晴，真的不是我心中的红苹果。

我读我悟

滋 味

一天，我熟悉的一位女孩，给了我一块口香糖。

女孩说今天是她的生日。

我就说祝你生日快乐！

之后，我就嚼女孩送给我的这块口香糖。嚼着嚼着，就满嘴的香香甜甜。

于这种香香甜甜的滋味之中，我就很想写这篇小说，一篇有关我和姐姐的小说。

那次，我去柳山参加一家杂志社的笔会。返程途中，车到阿城，我下了车，我要去看一看在这个城市里居住的姐姐。

去姐姐家的路上，经过一个菜市场，我就买了一只鸡，一条鱼。拎着这些东西，匆匆向姐姐家赶。

姐姐家离菜市场很远，我每次来，姐姐都是现往市场赶，弄回鸡呀鱼呀满满的一桌。这次，我顺便买来，姐姐就不必再辛苦地赶很远的市场了。

这样想着时，就到了姐姐的家。

姐姐见了我，一脸的兴奋。

姐姐忙忙地接过我手里的旅行包。当她突然看到我手里拎着的鸡、鱼时，就挺惊讶地问：你买的?

我点点头。

我就发现姐姐的脸色立即不愉快起来。

姐姐说：你呀，你可真是叫我不知说什么是好，到姐姐家来怎么能自己带菜呢?！难道是姐姐供不起你几顿饭吗?

我说：姐姐我没那样想，真的没那样想。

没那样想，为什么自己买了鸡和鱼?

我说：我真真正正考虑姐姐的家离菜市场很远，就顺便带回来，免得姐姐再辛苦地跑上第二趟。

姐姐说：这话不越说越外吗！你来我都高兴不过来，怎么能扯到辛苦上去，我可是你的亲姐姐呀！

正因为你是我亲姐姐，我才这样做呀！

好——好——好，我不说了，行吧？你自己好好想想，这事做得对不对！

做完菜后，姐姐又对我说：这事我怎么想都不是滋味。这次你自己带菜上门，难道说以前你来姐姐待你薄了不是？

说完，姐姐就有泪从眼内流下来。

我忙从沙发上站起，说：姐姐你可千万别这样，弟弟确确实实没想别的，就是想姐姐的家离菜市场很远，就顺便带回来。

姐姐仍呜咽着说：你知道吗，弟弟到姐姐家来，自己带吃的，做姐姐的心情该是什么滋味？

我说：这滋味一定很不好受。姐姐你别再说了，弟弟以后再不做这样的傻事了。

这一晚上，我和姐姐的情绪都很低，都很闷。

翌日走时，姐姐到车站为我送行。临上车，姐姐从衣袋里掏出相当于我买鸡鱼时花费的票子，硬是塞进我的手中。

姐姐说：弟弟你揣着，这样我心里的滋味就会好受些。

我哽咽着点点头，于很不好受的滋味之中，把票子揣进了衣袋。

车开走的那一瞬间，我发现车下的姐姐掏出手帕在擦泪。

看到姐姐这般，我的双眼也模糊了……

在我写这篇小说的时候，姐姐在车站与我离别时的那双泪眼，就又很清晰地浮现在眼前。

于是，就更觉出某些不是滋味的滋味涌于心间。

觉得再不是嚼口香糖的那种滋味了。

我读我悟

回忆我和米雪的恋爱

回忆我和米雪的恋爱，得从一九九五年的秋天开始。

一九九五年秋天的一天，给我的印象很深刻，这倒不是因为这一天我认识了米雪，而是这一天的天气特别叫人难忘。

这一天，从早晨开始天就昏昏暗暗。秋天的风裹着树上的叶子，呜呜地号叫着。

镇上临街房屋的门窗、屋顶的瓦盖被号叫的风掀动得噼啪作响。

街上的一个老人，靠在屋檐下，袖着手，眯着眼，望着昏昏暗暗的天空，说："秋天的风咋能这么大？几十年不见这么大的风啦！"老人说这话时，风刚好从老人的身边走过。

老人突然喊住我，说："小伙子，你看看前面是什么刮了过来。"

我向前看去，见是一条红纱巾随风刮过来。我弯腰拾起来时，一个女孩推着自行车赶到。我问女孩："这纱巾是你的？"女孩点点头。女孩接过红纱巾时，对我说："谢谢你，作家。"

我挺惊讶，问女孩："怎么，你认识我？"

女孩说："镇上唯一的作家谁不认识。"

女孩说完，便把红纱巾随意地系在脖上，然后推着自行车走了。

女孩没走出几步，就连人带自行车被风刮倒了。我回转身，扶起女孩和自行车，对女孩说："你可真是弱不禁风呀！"

女孩说："哪儿呀，我患感冒发烧，刚从医院打完针回来，身体发虚。"

女孩说完，一阵疾风又刮来，女孩和车子又一个趔趄。

我就对女孩说："身体不好，风这么大，我送送你吧！"

女孩点点头。我推过女孩的自行车，和女孩在很大的风中，挺艰难地向前走着，女孩告诉我，她叫米雪，是镇上中学的语文教师。女孩还说她挺喜欢我

的小说，说读我的小说不像是读小说，像是读生活。

到了米雪的家门前时，米雪叫我进屋坐一坐，我说还有事，便准备走。

米雪问："还能和你联系吗？"

我说："有事可以给我打电话。单位的电话号码是7990714。"

这件事情以后，我一直未接到米雪打来的电话。但那个长得很灵秀的米雪，似乎已经刻在我大脑的深处，怎么也挥之不去。我不知道这是不是朦胧的爱情在我的心里发芽了。米雪给我打来电话时，是我发在《天津文学》上的一篇小小说，又被河南的《小小说选刊》转载以后的事情。

米雪在电话里说："你的那篇《爱情在冬天光顾了我》的小小说我读了。我觉得一般情况下，作家笔下的爱情大多都发生在春天，你干吗把爱情选择在寒冷的冬天呢？"

我说："冬天的爱情容易冻结。"

米雪在电话里咯咯地笑。

后来，米雪就经常和我通电话。又后来我就经常和米雪约会。再后来，米雪便在一个月色很美的晚上，双手勾着我的脖子，对我说："我喜欢你！"

在我和米雪的恋爱发展到如花的绽放、火的燃烧时，我和米雪的爱情受到她家中的强烈反对。米雪的爸爸嫌我是个写字的作家。米雪的爸爸很固执地认为：写字的人大多数都没有好命运。为这，我想去找米雪的爸爸，但被米雪阻止住了。米雪说："我爸爸是一个倔强的老头，他认的理儿谁也说不服他。"

米雪的爸爸确实是一个很倔的老头，为了不让米雪和我见面，每天晚上都把米雪看在家里，不准越门一步，否则米雪便要遭到她爸爸的一顿暴打。一天晚上，据米雪自己说她是偷着跳窗出来的。见到我时，米雪便扑进我的怀里，很委屈地哭起来。

米雪泪盈盈地对我说："我不想这样累了！我要走，去南方的一个同学的公司谋事，赚点钱后我们就结婚。"

我拥着米雪，说："亲爱的雪，我怎么舍得让你走？"

米雪说："不走又如何。我这一走，或许是缓解老头子那种偏见的最好方式。你放心，我永远属于你，你永远属于我。"

不久，米雪就走了，她留给我的是刚认识时的那条纱巾。米雪走后，我到省作协参加一个会。会议闲暇时，我和省作协的一位老师闲聊。这位老师竟出乎我的意料之外，谈到了米雪的爸爸。

这位老师说米雪的爸爸，在二十世纪六十年代曾是一位很有才华的儿童文学作家，可惜文革时期受到迫害，被下放到小镇教书，平反后便再也没有拿起笔来。说到最后，这位老师叹一声长气，说："唉，人生呀……"

我终于理解了米雪的爸爸，一个被文字毁了一生的老人。

我写这篇文字的时候，是一九九七年末了。米雪已经走了两年多了，我仍然过着独居的生活。我在等待我亲爱的米雪。

我读我悟

作家与鹅

作家想到一个宁静的地方来完成他的长篇小说。

于是，作家就告别了城市的喧嚣，来到一个叫巴林的僻静幽雅的林区小镇。

作家下榻在一家个体小旅店。

夜里，从阁楼的小木屋内望天上的星星，星星就特别地硕大明亮、清幽高远。

这时，作家的情绪就特别地高昂。

这时，作家就立即抓起笔，开始伏案工作。一夜过去了，有阳光的辉煌漫进阁楼的小木屋。作家睁开疲惫的双眼，简单地洗漱，简单地用餐。之后，作家就又抓起笔，开始伏案工作。

写得挺入神时，作家突然放下笔，皱着眉头长叹一声。

作家笔下的人物汤四爷闯入大山遇到一条凶恶的野狼，就在这条野狼扑倒汤四爷，那很尖利的牙齿就要咬向汤四爷的喉咙时，作家才放下手中的笔，才皱起了眉。

作家不忍叫苦难了一生的汤四爷就这样被野狼夺去他的生命。

正值作家笔抵下巴费神之际，窗外传来店老板娘从河边牧鹅归来的吵叫声。

老板娘扭动着肥臀赶着鹅。

老板娘抬头看见了阁楼窗口的作家，就对着作家笑笑。

作家也回之一笑。

一只跛脚的鹅落在老板娘的身后，老板娘回身就用牧鹅的柳枝抽这鹅，骂道："你这没用的货，哪次你都落在后面！"

说完，就又用柳枝抽鹅，把鹅抽得"呱呱呱"地叫着。

作家的心一阵紧缩，就跑下阁楼，就对老板娘说：“这鹅本来就有疾在身，你怎么还能这样打？”

“打是轻的，过几天我还要宰它呢！”

作家就不语，就走回阁楼。

连续几天，作家也没再写出一个字来。

作家不忍叫苦难了一生的汤四爷就这样被野狼夺去他的生命。

作家这部小说卡壳就卡在这儿。

作家痛苦不堪。作家到阁楼下打来一盆水，准备洗一洗衬衣，然后返城。

作家把洗完的衬衣晾到阁楼下的衣绳上。返回阁楼，作家燃着一支烟。等这支烟吸完后，作家突然发现自己手指上的那枚价值可观的金戒指不见了。

作家想：这戒指一定是刚才到阁楼下泼洗衣水时从手指上甩了出去。

作家就到阁楼下的院子泼水的地方去找。

老板娘见到后，就问作家：“找什么？”

作家说：“不找什么。”

老板娘就又对作家笑笑，走了。

作家也就又回之一笑，走回阁楼。

丢就算丢了。作家想。

翌日清晨，作家收拾行李刚要走，就见老板娘拎着切菜刀要杀那只跛腿的鹅。

作家就挎上旅行包慌慌张张跑下阁楼。

跑下阁楼的作家从衣袋里掏出一张伍拾圆的票子，递给老板娘说：“这鹅我买了！”

老板娘拿着这张伍拾圆的票子，喜形于色地说：“好，卖你，卖你！”

作家就怀里抱着这只跛脚的鹅走了。

老板娘扭动着肥臀把作家送到大门外。

作家就回首一笑……

到家后的作家，先是弄了食料喂这鹅，可这鹅不吃，且神色蔫蔫，两只眼睛似张似闭。

许是这鹅想它的家，慢慢适应新的环境后就会好的。作家这样想。

然而，出乎作家的意料，这鹅只在这新的环境生活了一夜，清晨就死了。

作家就找来刀，给鹅剖膛查找致死的原因。

怎么也不会想到，作家竟在鹅的食道里发现了他丢失的那枚戒指。

是这鹅把戒指吞进食道。作家明白了鹅死的原因。

作家把鹅送到郊外的树林中掩埋了。

回到家后，作家就很惆怅，就苦苦地想。

最后，作家拿起笔写道：

这条很凶恶的野狼扑倒了汤四爷，那尖利的牙齿就要咬向汤四爷的喉咙时，狼突然发现汤四爷那两只浑浊的双眼里有泪水流出。

狼先是挺惊愕，后就一步三回头地走了。

狼终于没有吃掉汤四爷。

后来，作家的这部小说终于没有出版。

出版社的编辑认为，不吃人的狼能叫狼吗？

我读我悟

爱情与一个城市有关

青青二十六岁了还没嫁人。

如果按照事情的正常发展，以她的年龄，她的爱情似乎应该在她所居住的这个城市有个归宿了。

但是，青青不肯把自己的爱情安放在这座城市。

其实，青青爱情的火花，在她现在居住的这个城市里有过闪现，但那只是短暂一瞬间的撞击便又消失了。

青青大学毕业后，分配到这座城市的冶金研究院。

不久，先她一年分到研究院的大学生强就爱上了她。

那一段爱情火花的闪现，虽然是短暂的，但给青青心灵的撞击却是很深刻的，很刻骨铭心的，叫青青一生也无法忘怀。

强是一个外表冷漠严峻的人，但爱青青的那种情感却如八月的骄阳，叫人感到爆热无比。

但不久，这种热就冷却了。

不久，强就对青青说：“青青，我们分手吧！我要调往省会 B 城，我父母兄妹都在那个城市……”

强就调往 B 城去了。

强调往 B 城的几个月后，青青痛定思痛，分析了强和自己分手的真正原因。

青青知道自己的爱情失败在外表的不漂亮。

青青想：这种爹妈造就的遗憾，只有在事业上或金钱上来弥补了。

青青就突然有了要到强居住的 B 城创造一番辉煌事业的强烈欲望。

青青要在 B 城追回属于自己的那一份爱情。

青青就辞掉冶金研究院的工作，来到 B 城。

在 B 城，青青通过朋友介绍，到一家中外合资的公司里工作。一年后，青青跳槽，到南方干起服装生意。

两年后，青青感觉到自己赚的钱，在B城能够进人大款的行列了，便打点行装返回B城。

返回B城后的青青，住进一家五星级宾馆。

夜晚，青青总是喜欢掀开窗帘，看外面城市的夜景。在夜晚的城市灯光与人影中，青青开始思谋着自己应该以一种什么样的方式，出现在B城人的面前，确切一点说是出现在强的面前。

青青想办法认识了一个大胡子导演。

青青对大胡子导演说："我想在你们电视台周末的女性世界专栏露一下脸。"

当时，青青穿着一条白色的开胸很低的裙子，大胡子导演那双眼睛就死死地盯了一阵青青很低的开胸处，然后问："什么条件？"

青青说："随便，要人要钱我都给。"

大胡子导演一拍掌："好，痛快！……"

青青终于以女强人的形象，通过B城电视台的"女性世界"走人千家万户。

青青成功了，B城的人都知道B城有个女强人叫青青。

成功后的青青，就想立刻见到居住在B城的强。青青想告诉强，从某种意义上讲，是强重新塑造了她。

青青想象着强在电视里看到她的形象后，该是一种什么样的神态呢？是追悔莫及？或是痛苦不堪？

青青是想先通过强的朋友，了解一下强的情况后，再直接面见强。

谁想，青青见到强的朋友后，强的朋友一脸的沮丧相，对青青说："强被人杀害了！"

"什么？！"青青顿觉自己的双腿瘫软如泥。

强的朋友又说："强的婚姻一直很不幸。"

青青感觉自己有些站不住了。

强的朋友还说："不幸的婚姻，使强在外有了情人。在上周一夜里十点，他和情人睡觉时，被他情人的丈夫发现，用猎枪把他俩一起轰了。"

青青听后想：上周一夜里，正是自己陪大胡子导演睡觉的那一夜。

青青在这座城市里，没有追回属于自己的那一份爱情。而且，在这座城市里，她失去了许多。

从此，青青开始过起一种隐居式的生活。

青青的爱情与这个城市再也无关。

我用自己的方式爱你

他和她结婚十年。

十年中，夫妻相敬如宾，恩恩爱爱，从未因什么事吵架红脸。

吵架红脸都是后来发生的事情。

他写的几部小说，获了国家级奖。接着，他就成为这个小城很有名气的作家。

成为有名气的作家也没什么，关键是，成为名作家之后的他，每天都忙于各种名目的社会活动。

这样，他的妻子就开始特别地关注起他来。

首先，妻子开始注意他外表的形象。

清晨，当他打好领结穿上西装后，妻子就问：“你现在怎么这样注意打扮自己?”

他笑笑后，说:“这叫注意形象。衣着的整洁得体，是对别人的一种尊重，懂吗?”

说完，他还用手指在她的小巧的鼻子上刮一下。

有时，他刮下巴和两腮的胡子时，妻子也过来问：“你最近对刮胡子怎么也这样有兴趣?”

他听后，又笑笑，说：“难道我留着胡须，变成老头的模样，你看着就愉快吗?”

她说：“你说得很对。”

接下来便是她每天在他上床之前，都要十分认真仔细地盘问一番。

比如你今天有没有和女性接触，接触时都说了些什么，有没有女性在你面前有轻佻的举动，跳舞时手握的松紧程度，等等。

对她的这些提问，每次他都要做一番认真地回答。否则，她就不许他上床，不许他的手碰她一下。

后来发生到家里的电话不能是女人打来的。如果是哪位女人打来的，那么这女人就算倒了霉。

她必须问清打电话女人的家庭住址或工作单位，然后她就找上家门或工作单位，对打电话的女人训斥一番："告诉你，我丈夫可不是拈花惹草的人，别枉费心机！"

一番话把打电话的女人说得痛哭不止。

她丈夫知道后，就指责妻子："你怎么能这样，这叫我以后在外面还如何为人?!"

她说："你应该理解我，我是用自己的方式爱你！"

他说："可我感觉这不是爱。"

她说："不是爱你能解释成是什么呢?"

他摇摇头，叹声气，苦笑了几下。

不久，他终于和她离婚。

他单位的同事问他为什么离婚时，他说："我受不了她以那种方式爱我。"

她单位的同事见到她时，就说："你丈夫那人真不是东西，出了名就把你给甩了。"

她听后说："这可不是他甩我，而是我甩他。其实我是故意用那种方式爱他，叫他无法接受，逼他主动提出和我离婚的。"

大家听后，就都不再说什么。

我读我悟

冰心儿童图书奖

《最具中学生人气的微型小说名作选》

（第一辑）

书　　名	作　者	版　别	定　价
花开的声音	刘国芳	东方出版社	28.00
轻轻地爱你一生	侯德云	东方出版社	28.00
外婆点亮煤油灯	谢志强	东方出版社	28.00
一次失败的劫持	安　勇	东方出版社	25.00
天晴的时候下了雨	蔡　楠	东方出版社	27.00
城市上空没有鸟	曾　平	东方出版社	28.00
怀念一只被嘲笑的鸟	刘建超	东方出版社	28.00
怀念一只叫阿黑的狗	陈永林	东方出版社	28.00
租个儿子过年	宗利华	东方出版社	28.80
幸福生活	马新亭	东方出版社	28.00

（第二辑）

书　　名	作　者	版　别	定　价
让儿子独立一回	凌鼎年	东方出版社	29.80
美丽的梦	于德北	东方出版社	28.00
寻找红苹果	袁炳发	东方出版社	26.00
谁是真英雄	秦德龙	东方出版社	29.00
梦中有条鱼	邓洪卫	东方出版社	27.00
狼　性	尹全生	东方出版社	25.00
电话里的歌声	邢庆杰	东方出版社	29.00
雪上的舞蹈	魏永贵	东方出版社	29.00
谁听见蝴蝶的歌唱	陈　毓	东方出版社	26.00
无法被风吹走的故事	刘黎莹	东方出版社	29.00

（第三辑）

书　　名	作　者	版　别	定　价
特别的祝福语	王琼华	东方出版社	28.00
棉花糖	周　波	东方出版社	28.00
绿鹦鹉	邵宝健	东方出版社	26.00
高等教育	司玉笙	东方出版社	27.00
流逝的面孔	杨小凡	东方出版社	28.00
生命的支撑	吴万夫	东方出版社	28.00
扳着指头数到十	芦芙荭	东方出版社	28.00
红樱桃	李永康	东方出版社	23.00
巧　合	郭学荣	东方出版社	23.00
再笨一点多好啊	刘正权	东方出版社	26.00